내가 먼저 빙하가 되겠습니다

내가 먼저 빙하가 되겠습니다

시인수첩 시인선 039

박성현 시집

00 문학수첩

첫 시집을 내고 병(病)을 얻었다. 그곳에 세 들어 살면서 내 것이라 믿었던 시간들이 모조리 금 가고 붕괴되는 걸 속수무책으로 바라보았다. 간신히 붙들었지만, 내가 내게서 물러나는 꿈만 울창했다. 사소한 옛날이 튀어나와 물끄러미 나를 지켜볼 때가 많았다. 서늘하고 따뜻하며 선명한 얼굴들이, 혹은 태어나자마자 늙어 버린 흉터와 바늘들이 그 웃음 뒤에 있었다. 나는 물러나다 말고 멈춰야 했다. 그러나 "아직, 해가 머물러 있다"(김종삼). 병은 혼자 아픈 것이지만 여전히 해는 내 곁에 머물러 있다.

| 차례 |

시인의 말 · 5

2부 | 당신의 몸에 바람이 파고든 흔적이 있다

3부 | 사물의 영역

해설 | 조강석(문학평론가)

타자의 집 · 109

1부

내 몸으로 기우는
저녁이 쓸쓸했네

저녁이 머물다

바람이 불었네
미세먼지가 씻겨 간 오후
외투에 툭, 떨어진 햇살 한줌 물컹했네
잠시 병(病)을 내려놓고 걸어 다녔네
시청과 시립미술관이 까닭 없이 멀었네
정동에서 늦은 점심을 먹고
해 기우는 서촌에서 부스럼 같은 구름을 보았네
물고기는 허공이 집이라 바닥이 닿지 않는데
나는 바닥 말고는 기댈 곳 없었네
가파르게 바람이 불어왔네
내 몸으로 기우는 저녁이 쓸쓸했네
쓸쓸해서 오래 머물렀네

속초

자고 나면 초승달이 떠 있었네 며칠이고 웅크렸다가
깨어나도 초승달은 공중에 박혀 먼 바다를 꿰매고 있었
네 눈 감아도 하염없고 눈을 떠도 마음 둘 곳 없었네 해
무로 뒤덮인 물렁물렁한 고립이었네 속초에서 하루를 보
내고 또 몇 달을 기다렸네 하루에도 십 년이 흘러갔네
밥을 짓고 물 말아 먹었네 밥상 너머 당신이 걸려 있었네
심장을 꿰매는 소리가 서걱서걱했네 나를 부르는 단호한
소리였네 문을 여니 속초가 당신의 천리였네

쓴맛

꽃이 진 자리에서 쓴맛이 났다 꽃이 진 자리가 쓴맛
이라 당신이 미워졌다 소슬하니 휘파람을 불다가도 다시
당신이 미워져서 이불 속으로 꼭꼭 숨었다 손끝이 물러
터지도록 오래 엽서를 썼다 비틀거리는 글자에도 쓴맛이
박혀 있었다 몹쓸 말을 생각했지만 어디에도 보이지 않
았다 몹쓸 말이 없었으니 밤새도록 벚나무 아래 누워 바
람만 탓했다 엽서를 쓰다 말고 뒤를 돌아봤다 뒤돌아볼
때마다 당신이 미워졌다 미워서 병든 마음을 뽑아내면
당신이 쑥 뽑혔다 차마 버릴 수 없어 며칠을 울었다 쓴맛
이 나를 자꾸 벚나무 그늘로 데려갔다 바람이 곁에서 소
슬하니 휘파람을 불었다

밤새 서리가 내리다

서리가 내렸다 벚나무 밑이 아득했다 구름이 능선을 넘어가다 자꾸 뒤를 돌아봤다 늦은 봄이 구름을 보채면서 앞서 갔다 돌아와 나무랄 때도 있었다 서리가 내렸다 묵은눈에 햇볕이 고였다 벚나무가 능선을 넘어가는 구름을 보면서, 다시는 돌아오지 말라고 손사래를 쳤다 서리가 내려 벚나무만 온통 붉어졌다 평상에 앉은 노인들이 내기장기를 두다가 사라졌다 자취를 물어도 아는 사람은 없었다 저녁을 먹다 말고 무심코 문을 열었다 구름이 능선을 넘어가다 멈춰 서 있었는데 벚나무는 빨리 가라고 연신 손사래를 쳤다 곡우 무렵 찾아온 손님들이 며칠 놀다 떠난 자리에 밤새 서리가 내렸다

수선화

수선화가 피었다 발가벗은 백발이 끓어올랐다 옛날의
저녁이 다녀갔다 옛날의 저녁은 바스락거리며 혼자 기웃
거렸다 손가락을 움켜쥘 때마다 우산이 물컹거렸다 수선
화가 피었다 눈을 활짝 열고 창틀에 고인 빗방울과 그늘
을 지켜봤다 여름이 가고 또 다른 여름이 갔다 짧은 엽
서도 없는 계절이었다 라디오는 식은 밥처럼 차가웠다
저 플라스틱 상자는 언제쯤 노래를 흥얼거릴까 오래도록
당신이 앉아 있던 자리가 희고 간결했다 희고 간결해서
아주 멀었다 나는 내 발목을 움켜쥐었던 빗방울과 그늘
을 뒤척였다 다시 수선화가 피었다 옛날의 저녁이 기척
도 없이 다녀갔다

멀리 갔던 새가 나를 비집고 들어왔다

    하루가 기울고 새가 울었다 회색이 짙어 멀리까지 갔다 너무 멀어서 밤이었다 어느 날은 나방이 가득한 숲에서 허기가 내 몸을 열었다 딱딱한 빵을 씹고 생수를 마셨다 빵을 씹으면 나방이 파닥거렸다 시큼한 맛이 목구멍을 자꾸 찔렀다 오르막길에서 멈췄을 때 두 번의 겨울이 지났다 그사이 눈꽃이 피고 새가 녹았다 하루가 기울면 새는 멀리 갔다 멀리 가서 돌아오지 않기를 간절히 빌었다 나방을 씹으면서 우표를 붙였다 혓바닥에 끈적끈적한 울음이 가득했다 멀리 갔던 새가 나를 비집고 들어왔다 멀리 갔던 새는 방향이 분명해서 오히려 밤이었다 하루가 기울고 당신이 울었다

맨발

멀리서 철로를 치는 소리가 나고 빠르게 사라졌다 몸에 꽉 끼는 소리였다 얇아서 속이 다 비쳤다 미안하다는 말을 당신에게 했는데 그때도 철로를 치고 달리는 바퀴 소리에 묻혔다 미안하다는 말이 닿지 않아서 나는 한겨울이었다 지붕에 자리를 튼 먹구름을 쫓아냈다 입김만 불어도 벌레들이 힘없이 쓰러졌다 정처 없기로는 마찬가지였다 한겨울에도 나는 맨발이었다 미안하다는 말을 할 때면 당신의 구석이 나를 에워쌌다 당신의 구석에는 늘 울음이 고여 있었다 기차가 지나갔다 몸에 꽉 끼는 창백한 소리였다 얇아서 속이 다 비쳤다

팽목

　갑자기 찾아온 새들이 시끄러웠다 모여서 차가운 몸
을 부비거나 그렁그렁한 눈물을 참고 있었다 나무의자를
내어주고 저만치 비켜섰다 우체국에서 엽서를 잔뜩 샀다
밤마다 종이배를 만들었다 주소가 없으니 가라앉을 뿐
이었다 갑자기 찾아온 새들과 함께 밥과 술을 나눠 먹었
다 벚나무 밑에 모여 앉아 수평선을 바라보았다 창백하
고 순한 새들이, 창백하고 순한 눈을 뜨고 모두 떠나 버
리는 지독한 꿈을 꿨다 종이배를 다시 부치고 나는 내
몸의 벼랑에서 뛰어내렸다

그리운 그랑 블루

마당에 앉아 돌을 던졌네 나를 떠난 것들은 모두 소리
없이 반짝였네 멀리 간 당신을 불렀네 더 멀리 가서 한
참을 불렀네 물렁물렁한 달들이 뒤돌아봤네 냄새와 목
소리가 엉켜 황혼이 새까맣게 타고 있었네 마음이 견디
지 못해 무너졌네 검은 점들이 흩어졌네 까마득히 멀리
갔네 잔해를 뒤집으며 새가 날았네 당신을 따라 그랑 블
루에 앉아 있었네 고래가 일어서며 구름 위로 솟구쳤네
점이 될 때까지 날아갔네 당신을 불렀던 십 년이 그렇게
사라지고 있었네 사무치는 그랑 블루였네 하루와 일 년
을 당신만 불렀네 꼬박 십 년을 그렇게 했네

희고 간결하게

　새로 구두를 장만하고 공원을 지나 극장까지 갔다 한 없이 가벼운 햇볕이 겨드랑이를 파고들었는데 두꺼운 책에 눌린 진달래처럼 피가 다 빠져나간 멍울이 은근했다 나는 그곳이 내 몸의 귀양지라 생각했다 길들여지지 않아서인지 구두에 서리가 돋았다 구두를 벗기고 당신의 발꿈치를 오래 바라봤다 나도 당신도 서로에게 길들여질 수 없었던 시절이 거기에 있었다 마음을 건너와서 그어진 주름만큼이나 간절했다 당신과 나는 그 움켜쥔 힘으로 시절을 견뎠던 걸까 자세히 보니 발꿈치에 백태가 달라붙어 있었다 희고 간결하게 백태가 피었다

늦은 저녁이 찾아왔다

　문을 열고 늦은 저녁이 찾아왔다 저승에서 왔다고 했다 뭐가 그리 우스운지 나는 한참을 웃어 댔다 가만 보니 얼굴이 없고 손가락만 길었는데 거기에 이파리가 자라고 꽃이 피면 아름다울 거라고 농을 쳤다 그건 나무지 저승이 아니라고 늦은 저녁이 퉁명스럽게 대답했다 옛날에 기타를 치면서 춤을 췄던 기억이 애틋해 다시 웃었다 속초였을걸, 파도가 높아서 구름이 차가웠다 비밀을 간직한 입술은 멀어서 새파랬다 늦은 저녁이 찾아왔다 밥과 술을 나눠 먹었다 먼 곳에서 웃음소리가 소란했다

우체국

엽서를 쓰고 우표를 붙였다
짧고 가는 문장이 두 줄로 포개져 있었다
읽을 수 있을까, 이 비틀거리는
새의 말을 쓸쓸한 발톱이 휘갈겨 쓴
마음의 잔해들을
정류장에서 버스를 기다리다가
버스에서 내린 사람들을 따라갔다
가다 멈추고 공원 근처
가까운 편의점에서 생수와 빵을 샀다
벚나무 아래 나무의자에는 녹지 않은 눈이 가득했다
녹을 수 없는 눈과
녹지 않는 눈의 차이는 무엇일까
나는 엽서를 꺼내 그 두 줄의 문장에서
희고 간결한 새를 꺼내 날려 보냈다

빙하기

당신 두 눈에 서려 있는 얼음이, 먼 하늘로 스며들다 지쳐 우두커니 서 있는 노을 같았습니다 마음만 움켜쥐고 얼어 버린 거라면 그나마 다행입니다 살얼음 졌으니 오늘만큼은 물러설 곳이 생긴 거겠지요 그렁그렁 남은 햇살을 손바닥으로 쓸어 모으고 가루약을 털어 넣듯 삼켰습니다 팔다리에도 얼음이 끼어 있을까요 당신은 자주 갸릉거렸습니다 밤새 뒤채면서 뜬눈으로 새웠습니다 매일 엄마의 먼 곳이 그리워 울다가, 울음까지 내려놓기는 서러워 마음만 얼렸던 걸까요 얼어붙은 마음이 며칠이고 몇 달이고 계속되는 밤이었습니다 불투명한 얼음도 당신 것, 그러니 내가 먼저 빙하가 되겠습니다 그 두껍고 어두운 곳에서 당신을 녹일 햇살의 울음을 기다려야겠습니다

하염없이

하염없이 걷다가
문득 하염이란 말이 궁금해졌다
가로등 아래 내려 쌓이는 불빛도 하염없는데
그 말은 어디서 왔을까
당신 곁에서 하염없이 울다가
우리는 왜 하염을 버려둔 채로 울어야 하는지
궁금했다 하염은 모래처럼 비좁고 분명한데
스며들 때마다 차갑고 서러운데
하염없이 울다가
칼바람이 모여드는 성난 골목과
높은 파도를 생각했다
나의 안식이란
하염없이 쏟아지는 부끄러움과 욕설뿐
바람이 짊어진 구름의 무게는
왜 한없이 투명한 걸까
왜 당신은 밤낮없이 눈을 감고 있었을까
하루에 두 번
간이역에 정차하는 낡은 버스처럼

하염없이 툴툴거렸다

그래서 하염이 궁금했다

가을 무렵 악기 한 소절

담장 밑 버려진 소주병에 바람이 들었습니다 볕이 내
려앉아 알맞게 데우고 갔습니다 날벌레 몇 마리도 깊숙
이 들어갔다 걸어 나왔습니다 조용히 숨죽이며 날개를
접었습니다 어디선가 금 간 소리들이 들렸습니다 모락모
락 부풀고 느릿느릿 퍼졌습니다 악보가 수집하지 못한
소리라 생각했습니다 자세히 보니 음표와 음표 사이에
고여 있는 말들이었습니다 멀어서 늦은 당신처럼 기록되
기를 잠시 멈춘 가을, 그 무렵의 악기 한 소절이 늦은 달
을 틀어 놓고 있었습니다

2부

당신의 몸에 바람이
파고든 흔적이 있다

흰 눈

매일, 흰 눈이 내렸다 가장자리는 높고 안쪽은 따뜻
했다 늦도록 기울어진 초승달과 새파란 별이 곁을 지켰
다 언덕에 앉으면 허물어지는 소리가 들렸다 앙상한 뼈
에 달라붙은 옛날이 초록의 깊은 곳으로 물러났다 나는
울음을 꺼낼 수 없어 매일, 흰 눈을 뭉쳐 당신을 조각했
다 바람이 등에 기대 휘파람을 부는 사월이나 피와 녹이
사납게 엉겨 붙는 구월에도 매일, 눈을 뭉쳐 당신의 악
보와 의지를 그렸다 흰 눈이 내렸다 제발 그만이라 말해
도 흰 눈 내리는 사월과 구월은 그치지 않았다 머물 수
없어 떠나는 이유가 회오리치는 대낮이라면 이제는 믿어
야 할까 매일, 흰 눈이 내리고 혼자 부르는 노래는 상냥
했으며 당신의 조각은 어김없이 녹아 흘렀다 눈이 내렸
다 매일 높고 따뜻한 새가 날아와 당신을 지웠다 흰 눈
이 내리면 내 몸에서 쏟아지는 울음을 꾹꾹 눌러 심장
속에 감췄다 심장을 찢어야 울음을 꺼낼 수 있는 한여
름, 흰 눈은 그치지 않고 자꾸 당신을 지웠다

얼음 눈물

당신의 눈에 빙하만 한 얼음장이 박혀 있었습니다 흘리지 못해 꾹꾹 눌러 담아 둔 눈물이라 생각했습니다 밥을 먹다가 한참을 살폈는데 그만 나도 얼어붙을 것 같았습니다 그러니 당신은 먼 곳에서 슬퍼야 했습니다 창문에 달이 뜨고 가만히 기울었습니다 구름과 별은 너무 고요해 보이지 않았습니다 슬픔이 멀어 당신에게 닿지 않았습니다 더 멀리 가도 마찬가지였습니다 나는 당신의 눈에서 빙하를 뽑아냈습니다 뽑아도 눈물은 흐르지 않고 그 자리에서 얼어붙었습니다

곁

    배고파서 눈물을 먹었습니다 먹다 보니 너무 오래 걸었습니다 이틀인 줄 알았는데 두 달이 지났습니다 낙엽이 쌓인 은행나무 아래서 고약한 냄새도 맡았습니다 공원에서 늦도록 휘파람을 불었습니다 말랑말랑한 입술을 오므렸습니다 찢어진 종이처럼 함부로 뒹굴었습니다 그늘을 덮고 잠을 잤습니다 결국 나는 노을이 무겁게 내려앉는 서쪽에서야 걸음을 멈췄습니다 그 순간 텅 빈 곁에도 달이 뜨고 구름이 흘렀으며 별이 높았습니다 그 자리에 앉아 멀고 먼 눈물을 당신과 함께 쏟아 냈습니다

화분

저 플라스틱 나무에도 꽃이 필까 꽃잎마다 주름이 패
어 밤새 흔들릴 수 있을까 흔들려서 골목 가득 눈보라
를 쏟아 낼까 창문이 잘라 낸 내부는 왜 어둡고 탁할까
버려진 화분을 발로 차며 아이들이 웃었다 아이들의 말
쑥한 옷에서 풍기는 락스 냄새, 그 지독한 비탈을 밟으
며 걸어간다 시간이 물러나면서 빛의 포말을 쏟아 냈다
저 갈기갈기 찢겨진 흰빛은 누구의 화분일까 버려진 화
분 옆에서 나는 늙어 버린 것일까 아니면 사라진 것일까
내가 쓴 엽서에는 왜 아무런 글자가 없을까 글자들도 지
겨워, 숨 쉴 수 없을 만큼 지겨워 야반도주라도 한 것일
까 골목을 나오면 뼛속 깊이 전기가 흘렀다 내가 버린 이
름들이 웃으며 나를 발로 차고 있었다 산산이 깨져 버린
화분이 내 몸 여기저기서 불쑥불쑥 꽃을 밀어냈다

검정은 멀리 갔을까

검정은 묵묵히 어두워졌다 바람이 곁에 있으니 침묵도 살얼음 졌다 나는 견딜 수 없이 비좁은 이곳에 플라스틱 화초처럼 꽂혀 있다 사람들이 검정을 휘휘 저으며 빠르게 일어섰다 검정은 흐린 바깥으로 몸을 돌렸다 중얼거리거나 빙그레 웃거나 작은 소리로 부스럭거렸다 화초가 기울며 그 부드러운 입술과 어두운 시야와 거친 표면을 바라봤다 온몸에 달라붙은 검정이 모서리를 감싸안자 중력이 사라졌다 더 어두워진 검정이었다 미안해요 저 문은 내가 여는 게 아녜요 그 말을 듣자 검정은 모두 약봉지처럼 구겨지며 화초에 얼굴을 묻었다 지하철이 그 비좁은 시간을 묵묵히 흔들었다

세한도, 봄꿈

당신의 몸에 바람이 파고든 흔적이 있다

그 흔적의 깊이와 완력은 당신 속으로 내려앉았던 돌 하나의 무게, 잔설이 멈춘 순간이다

붓이 까마득한 벽에 닿았을 때 시간의 연골이 바쁘게 빠져나갔다

속이 파이고 거죽만 남은 목어가 간신히 지느러미에 묻은 흙을 털었던 것인데

지천에 널린 반백의 입술들이 쏟아 낸 것은 말이 아니라 울음들이 뒤엉킨 소리였다

단단한 것들이 피고 지는 몸에 다시 꽃잎이 터지고 허공은 그만큼 밀려났으며, 또한 살과 뼈의 경계는 분명해졌다

바람 한 무리가 새의 겨드랑이를 흔들거나 낙타에 앉아 휘파람을 불었다

눈에 박힌 빙하를 녹이고서야 당신은 봄꿈에서 깨어났다

나의 유일한 행성

달이 떨어졌다 짙은 눈썹 위로 달이 떨어져 부서졌다
나는 일어서면서 부서진 흰 그림자들을 밟았다 현기증이
쏟아지자 나의 우울도 한꺼번에 터졌다 나는 문을 열 수
없었다 문을 열어서는 안 되었다 문을 열자 마음의 주소
지들이 하나둘 지워졌다 엽서를 보내도 돌아오는 것은
허기진 비탈, 징검다리 사이에는 덧칠된 나의 찌꺼기만
남았다 불을 밝히면 나는 까마득히 물러났다 나는 나의
유일한 행성, 온전히 혼자 남겨진 하루 고막을 찢으며
달려드는 짐승의 울음조차 고요하였다

거미별

별빛이 들었다 내가 오래도록 죽었던 자리였다 몸을 감았던 거미들이 희미한 기척에도 놀라 떼 지어 물러났다 양철을 덧댄 지붕에 기어오르거나 백 년 묵은 아카시아까지 끈적끈적한 줄을 뿌렸다 대못이 빠져나간 구멍처럼 거미는 흔적을 남겼다 별빛이 든 나도 내게서 천천히 물러났다 거미줄에서 죽은 자들의 냄새가 지독했다 나는 오래전에 그들과 함께 한번 웃었는데, 그날 너무 웃어서 눈 코 입이 구겨져 버렸지, 기억하니? 상강이 지나고 언덕마다 별빛이 들었다 거미줄이 뒤엉킨 자리에도 얼음 조각이 방울방울 성글었다 나는 내 거죽을 모조리 빠져나가다 말고 잠시 머물러 새로 돋는 땅의 기척을 물끄러미 쳐다봤다

나와 말라리아와 늙은 난쟁이 의사

나는 버려진 가죽소파에 앉아 있었다 양복점과 백화
점이 마주 보는 좁은 인도였는데 터번을 두른 관광객들
이 지나가면서 내게 손가락질했다 나는 참을성이 많은
소파야 정오가 되면 난쟁이 의사가 문을 열고 내 앞으로
걸어왔다 나는 귓속말로 조용히 말라리아에 걸렸다고 고
백했다 의사는 말라리아라는 단어에 살얼음처럼 부서
졌다 남산을 넘어오는 안개는 아무 색깔도 없어, 기억하
니? 의사와 나는 샛노란 고름을 쏟아 내는 태양과 더러
운 새들과 희멀건 아침을 오래도록 얘기했다 밀림을 벗
어나자 설산(雪山)이었어 사막을 움켜쥔 바람 같은 것들
이 반쯤 무너진 담벼락에 붙어 물끄러미 나를 지켜보는
거야 나의 황홀은 아주 오래전에 불타 버린 곰인형 혹은
폴라로이드에 찍힌 옛날의 새빨간 웃음 말라리아, 말라
리아 소파에 앉아 노래를 흥얼거리던 사람이 포도나무였
을까요 아니면 그물이나 중앙역이었을까요 너는 말라리
아에 걸렸어, 그러니 서랍은 절대 열면 안 돼 나와 의사
는 광장을 어지럽게 흘러 다니는 관광객처럼 심심할 때
마다 약을 삼켰다 말라리아, 나는 참을성이 많은 소파여

서 약속은 지킬 거예요 깃발을 든 기수가 관광객을 인솔
하고 광장으로 향했다 난쟁이 의사도, 나도 걸어갔다 태
어나자마자 늙어 버린 기분이에요 어제도 소파에 앉아
있었는데 셀 수 없이 많은 터널이 지나갔어요 나는 그
때 거기 있었을까요 말라리아, 아프지 않은 계절은 심심
해요 바람을 타고 빌딩 사이를 날아다니면서, 어제 나는
얌전히 가죽소파에 버려져 있었어요

종이인간

연필이 뭉툭해질 때까지
나는 공장과 굴뚝과 철조망을 그렸다
사람들이 웃으며 연기 속을 반복해서 지나갔다
봄과 겨울이 지나고 매일 코스모스가
피었다 나는 쉽게 찢어졌지만

나는 매일 새로 연필을 깎고 공장을 그렸다 자욱한 굴
뚝 연기를 헤집고 새가 날았다 사람들은 웃으며 코스모
스를 바라봤다 공장의 봄과 공장의 여름이 지나가고 공
장의 폭설이 내려 쌓였다 새로 깎은 연필이 뭉툭해질 때
까지 끈질기게 당신이 찾아왔다 나는 매일 쉽게

찢어졌다 공장에 코스모스가 피었다 코스모스가 피
어서 공장이 환했다 환한 코스모스 위로 눈이 쏟아졌다
눈은 까닭 없이 멀고 따뜻했다 나는 근시에다 지독한 야
맹증 환자라 저녁이 되면 걸을 수조차 없었지만 코스모
스를 보기 위해 매일 서둘러 공장에 갔다 걸을 때마다
나의 눈과 코와 귀는 코스모스를 닮아 갔다 나도 모르

는 내 의지였다 이주민 노동자들이 밤새 프레스를 눌러
야 하는 이유도 코스모스가 피고 흔들리는 의지였다 코
스모스를 볼 때마다 나는 내 몸속에서 새를 꺼냈다* 새
는 날개를 펴고 바다 끝까지 날아갔다 노동자들이 새벽
근무를 마치고 공장을 나왔다 물끄러미 코스모스를 쳐
다봤다 몽골과 파키스탄, 네팔과 예멘까지 지도에도 없
는 고향이 환했다 지도에는 없지만 새는 반드시 날아갔
다 밤새 당신을 뒤척이고도 다음 날 일찍 공장에 갔다
연필이 뭉툭해질 때까지

　나는 쉽게 찢어졌다

* 문정희 시인의 문장. "내 몸속의 새를 꺼내주세요".

발목과 의지

말랑말랑은 발목과 의지가 없는데도 계속 걸었다 한강
대교를 건넜고, 남태령에서 잠시 쉬었으며 과천에서는 수
많은 달빛에 뛰어들었다 사막과 어두운 계절을 걸으면서
질문을 쏟아 냈다 말랑말랑은 걸으면서 답을 찾았는데,
신이 잠든 곳에 이르러서야 마침내 입과 눈을 봉했으며,
자신에게 남겨진 삶들을 모조리 뽑아내기 시작했다

스멀스멀 기어오르는 냄새를 쓸어 모았다 주머니에 넣
고 입구를 꿰맸다 발목과 의지는 없어도 괜찮았다 말랑
말랑은 걸었다 소금을 씹으며 계곡을 올랐다 말랑말랑
은 자기가 창조된 시점이 눈앞에 보일 때까지 걸었다 양
철주전자가 끓었다 난로에 석탄을 넣다가 말랑말랑은 창
문을 열었다 걷는 사람들이, 털실처럼 뭉쳐 있었다 방향
을 잃어버린 채 걸음에 집중했다 말랑말랑은, 모르는 사
람들이야 발목과 의지가 없는데 새는 날았다

*

오늘의 소설은 사인칭이다 말랑말랑은 비에 방치됐는
데 자꾸만 우산이 구겨졌다 연필은 뭉툭한 소리를 내며
백지를 걸어 다녔다 남태령에서 갈라지고 한강대교에서
사막과 계절을 보냈다 숨을 멈추면 신이 잠든 곳이 손에
잡혔다 말랑말랑은, 말랑말랑해진 뼈를 붙들고 정확히
오후 네 시에

　뛰어든다

새와 의지

　새는 잘게 부서지고 끊임없이 빠져나갔다 새는 울음을 멈추고 나뭇가지 사이로 스며드는 황혼을 바라봤던 것인데 그때 그는 자신의 목숨이 얼마 남지 않았다는 것을 깨달았다 새는 자신이 날아다녔던 장소를 몇 겹으로 접었다 사랑하고 이별했던 기억들을 외투에 묻은 사소한 냄새와 함께 한 올씩 새겼으며 '맨발'이나 '발꿈치', '사마르칸트'라고 이름 붙였다 새는 밤의 침묵과 거미들의 수다와 놀라운 흥얼거림을, 또한 모든 죽음 이후 남겨진 의지와 예의를 도처에 떠도는 바람에게 들려줬으며 멀리 밀어 보내기도 했다 그렇게 새는 서쪽의 뺨이 더 붉어질 때까지 자신이 수집한 시간의 더미를, 입술에 묻은 새파란 웃음과 날개를 활짝 펼친 바람개비를 잊어버리고 또 잊어버렸다 어느 날 새는 자신이 연필이나 종이일지도 모른다고 생각했다 검정 글자나 혹은 메마른 화분일지도 더 이상 기록하고 잊어버릴 것이 없을 때 새의 눈 속에서 황혼이 다시 솟아올랐다 새의 서쪽은 완벽하게 부서졌고 기억의 그물을 끊임없이 빠져나갔다

열일곱 개의 나무계단이 있는 집

　한쪽 담이 움푹 꺼졌다 무릎까지 자란 잡초 옆에 새똥이 무례했다 똥을 눈 새는 기웃거리다 열일곱 개의 나무계단 뒤로 사라졌다 속초의 무거운 바닷바람을 이고 있는 기와에서 묵은눈이 녹았고 가끔 해가 기우는 곳을 향해 늙은 개가 짖었다

＊

　날짜 지난 신문을 읽다가 바싹 말라 버린 잉크에 코끝을 댄다
　희미한 냄새지만 그곳에 '영원'이 있다

＊

　두툼한 늦겨울 안쪽에 몸을 밀어 넣었다 내가 읽은 날씨는 나타나자마자 곧바로 사라져 버렸는데, 혀에 닿을 때마다 나는 몹시 기울어지며 출렁거렸다 열일곱 개의 나무계단을 밀어내며 잡초가 맹렬히 일어섰다

*

　매화가 터지기 직전에는 얼음투성이 손가락도 뜨거운
납을 삼킨 듯 고통스러워진다 지금 나는 속초의 밤 한
가운데 열일곱 개의 나무계단을 내려와 다시 거대한 해
일 꼭대기로 간다

*

　잠든 당신 곁에
희고 간결한 새 한 마리 앉아 있었다

그림자의 회화와 춤

9월 24일

회화가 일어선다

접시에 말라붙은 피자 조각을 씹다가 회화의 춤을 정교하게 교정한다 라디오에서 아무도 기억하지 않는 노래가 흘러나왔다 천사들이 신의 휘장을 두르고 자주

몰락한 왕국의 영광을 바라봤다 회화가 일어서면서 손가락을 구부렸다 정오에 멈춘 스페인풍의 벽시계가 하루를 밀어냈다 시계태엽을 감는 시늉을 한다 회화는 춤을 추고,

춤을 멈춘 회화의 그림자를 일으켜 세우며 자꾸만 춤속으로 들어갔다 알제리에 가 본 적 있냐고 회화가 물었다 터만 남은 옛날의 우물처럼 회화의 입술이 캔버스의 빛을 빨아들였다 자주색과 검정을 뒤섞고 캔버스를 덧칠하는 길고 긴 저녁이, 알제리 광장에서 시작해 서울의

남쪽으로 밀려왔다

12월 11일

회화는 그림자를 잘라 내면서 춤을 추기 시작했다

창을 열고 광장을 바라보던 회화가 라디오를 켰고 주
파수를 맞추고 볼륨을 적당히 조절한다 알제리의 저녁
이 반복해서 식탁에 앉는다 다시 회화가 일어선다 중앙
박물관을 걷는다

밤의 휘장과 노래

1.

마을에 들어서면
밤의 긴 허밍이 들려왔다
마을은 새파란 숲의 벽과 두께
매일 눅눅한 소리를 내며
바람이 지나갔다

이십 년 전에도, 더 오래된 날에도
밤이 부르는 노래는
마을에 있었고 떠나지 않았다

2.

밤이 목소리를 연주하면 마을의 창은
빛나기 시작했다 바람과 식물은 물러나 고요했고
밤을 사랑한 사람들은 낯선 잠에 빠졌다

아주 잠깐 밤의 노래가 들리지 않은 적도 있었다
공동묘지와 예배당에 갔던 사람들이 서둘러 돌아왔다
마을 전체가 불타 버린 듯 단단한 침묵에 휩싸였고,
뙤약볕이 쏟아지는 동물원처럼 무기력했다
모두 하마와 기린을 주머니에 넣고 다니는 기분이었다

밤이 눈을 떴을 때 모든 것이 되돌아왔다
사람들은 약속한 듯 밤을 사막과 소금이라 불렀다
  형제처럼 밤의 곁을 지키며 밤의 눈과 말과 꿈을 기록
했다
밤이 걷는 길과 밤이 노래한 모든 사물을 찾아냈다
밤의 숨결에 묻는 먼 곳의 바람도 냄새도
늦은 오후의 서늘하고 부드러운 물결도

그러므로 밤의 노래는
익숙하지만
한 번도 들은 적 없는 휘장과 고립과 용서였다

3.

그때 밤은 창을 열고
먼 숲의 기척들을 바라봤다
먼 숲이 밤의 노래로 새파랗게 타올랐다
창과 악기와 무대에 별이 뜨고
구름과 달이 갈라졌다

밤의 노래를 따라 부르면
옛날이 찾아왔다 밥과 술을 나눠 먹으며
밤의 악보를 기억했다 누구보다
집중했으므로 밤을 사랑한 사람들은
다시는 깨어나지 않았다

문틈으로 새어 나오는 불빛
희미하게 어른거리던 꿈과 어둠
나는 아직도 그들이 불렀던 노래를 기억한다
흥얼거리면 어느새 밤이 곁을 지키고

어머니와 할머니와 더 오래된 여자와 여자들이 모여
어린 나를 감싸는 것이었다

4.

밤은 노래를 부르며
나와 먼 숲 사이에 징검다리를 놓았다
잃어버린 색깔과 글자가
휘장과 고립과 용서 속에서 뚜렷했다

삼십 년 전에도, 더 오래된 날에도
내가 죽었던 마을에는
밤의 길고 긴 노래가 들려왔다

3부

사물의 영역

물방울을 뜯어내면
— 사물의 영역·1

짙은 회색 소나기가 떨어지다가 공중에 멈췄다 물방울
을 뜯어내면 못 자국이 생겼다 구멍과 얼룩이, 보풀처럼
일어나 번지는 것인데 뒤집어지고 스며들며 멀리 간 것까
지 불렀다 시청 계단에 앉아 립스틱을 바르던 애인이, 내
입술에 묻은 빨강을 보고 웃어 댔다 어리석은 취향이야
소나기가 쏟아지는 정오, 스페인풍의 오래된 시계탑에서
종소리가 울렸다 비둘기가 높이 날고 비둘기는 높이 날
아 맞은편 호텔 옥상까지 올라갔다 방향과 거리만큼 공
중에 사선들이 그어졌다 물방울을 뜯어내면 구멍과 얼룩
이 생겼다 구멍과 얼룩이, 다시 구멍과 얼룩 속에서 희
고 간결하게 번져 갔다 중앙역 지하보도에 사람들이 모
여 비를 피하는데 정오를 알리는 시계탑 종소리가 울렸
다 애인은 시청을 향해 뛰어갔고 나는 애인이 버린 우산
을 들고 서 있었다 물방울을 뜯어내면 그 자리에 구멍과
얼룩이 생겼다

흔해 빠진 유령
— 사물의 영역·2

　당신은 걸어가거나 멈춰 있었다 차가운 시멘트 냄새를 맡으며 옥상을 올라가거나 한 다발 히아신스를 들고 죽은 애인의 침실로 갔다 뙤약볕에 버려진 목각인형을 무심코 집었는데 손가락 사이로 모래가 흘러내렸다 여러 번 씹어도 소금 맛이 났다 광장에 갔을 때는 이미 밤의 계절이었다 숨을 참으면 계절이 바뀌었다 부고란에 모르는 사람들이 다녀갔다 당신은 어디에 게시되어 있을까? 무릎에서 빠져나간 피가 밤의 창문에 걸렸다 달이 뜨기에는 바람이 너무 깊어 달 대신 목각인형이 둥둥 떠다녔다 당신은 걸어 다니면서 온종일 싸움에 대해 생각했다 싸워야 할 사람들은 죽은 지 오래였지만 골목에 들어서면 또다시 싸움이 시작되었다 당신은 그림자를 밟으며 산 것도 죽은 것도 아니라고 말했다 달 대신 버려진 목각인형이 공중에서 웃기 시작했다 당신은 당신이 다가오는 방향을 보았다 어느 누구도 그 이상한 궤도를 묻지 않았다 벗겨진 신발이 발목을 향해 걸어가다가 자꾸 뒤를 돌아봤다

유령 소나기
— 사물의 영역·3

소나기 퍼붓기 시작했다 아스팔트에 쌓인 수증기가 아케이드 쇼윈도를 뒤덮었다 우산 없는 사람들이 모여 예측하기 힘든 날씨만 바라봤다 시계탑에서 울리는 정오의 종소리는 이미 빗소리에 묻혔다 소나기가 내리자 아케이드는 꿈을 팔다 말고 더 깊은 잠 속으로 들어가 버린다 주인들은 점원을 채근하며 유리를 뒤덮은 수증기를 닦게 한다 단정한 유니폼을 입은 점원들은 모두 한낮의 소나기에는 넌덜머리가 난다는 표정이다 넌 짧은 스커트가 어울려, 웃음기 많은 앳된 점원의 높고 투명한 목소리가 아케이드와 어울리지 않는 옛날 방식으로 당신의 귓속을 파고든다 유령처럼 희미한 수증기가 계속 점원의 반을 잘라 낸다 잘리지 않은 유니폼의 반은 유화의 빨강처럼 선명하다 쇼윈도에서 비를 피하던 당신은 점원들의 움직임과 색이 매우 익숙하다는 기분이 든다 유리와 점원, 유령과 점원, 유리와 나, 나와 유령, 점원과 점원, 점원과 빨강, 빨강과 유리, 유령과 유령, 유령과 나…… 지금 퍼붓는 소나기는 아주 오래전에 내렸거나 한 번도 내린 적이 없다

서핑보드
— 사물의 영역·4

　우울한 재봉틀이야 애인은 쇼윈도에 전시된 야곱의 사
다리를 보면서 말한다 사실 그것은 흰 바탕에 파란색 격
자무늬가 덧칠된 서핑보드였는데 머리가 잘린 검정 마네
킹의 오른손에 살짝 걸려 있었다 아무런 냄새도 색깔도
시선도 없는 유리는, 다시 아무런 질문도 느낌도 열망도
없이 애인을 폭염 속에 방치하고 있다 그동안 애인은 방
향 잃은 발자국 회색이 뚜렷한 햇빛 오래된 라디오의 차
가운 침묵에 겹겹이 둘러싸였다 애인이 다시 폭염과 겹
쳐질 때 몸의 반은 녹슨 흉상처럼 지도에서 사라져 버렸
다 우울한 오렌지야 애인의 반이 의자에 앉아 노래를 흥
얼거렸다 그 소리는 선이 아니라 점으로 이어졌으므로
설탕으로 만든 집처럼 끈적거리기만 했다

아직 희미하게 보인다
— 사물의 영역·5

누군가 걸어간다 몸을 둥글게 말고 공처럼 걸어간다 걸어갔거나 다시 걸어갈 때까지 난간에 기대 한참을 서 있다 시청 광장에 소나기가 내렸다 가죽트렁크가 비에 젖는다 소나기가 내리지 않았다 샌들까지 폭염이 쏟아졌다 말라 버린 물방울처럼 누군가가 서 있다 걸어간다 걸어갔거나 걸어갈 때까지 기다린다 멀리서 누군가가 공처럼 굴러간다 한 번도 멈춘 적이 없다 굴러가지 않아서 오후는 갑자기 텅 비어 버린다 시청 광장이 걸어간다 걸어가면서 사라진다 사라진 두 시가 아직 희미하게 보인다 가죽트렁크에서 여권을 꺼내 사진을 보여 준다 한국의 남쪽에서 왔습니다, 나는 그곳에서 비눗방울보다 얇게 흩어지고 있었습니다 다시 일어났을 때는 온몸이 맑게 개었다 계단을 오르는 일이 익숙하지 않아 난간에 기댔다 누군가 부르는 소리가 났다 시청 광장은 아주 멀고 보이는 것은 모두 비슷하다 회색은 회색이어서 소리가 멈출 때까지 걸어갔다 누군가 자신의 등을 감싸 안으며 걸어간다 보이지 않을 때까지 걸어간다

1985년 에티오피아 우표
- 사물의 영역·6

　지중해가 핏빛으로 물들었다 로하의 신전에서 흰옷을 입은 천사들이 점령군을 저주하며 그들의 피를 마셨다 무리 중에 홍안의 여자가 춤을 추고 있었는데 목과 등에는 남쪽의 별빛보다 밝은 뱀의 문양이 꿈틀거렸다 점령군의 황제는 제사장과 그의 군대에게 빛과 냄새를 쫓으라고 말했다 신전에서 제사장들은 달에서 태어나 태양으로 걸어가는 족속들의, 그러나 끝내 돌아오지 못한 불길한 궤적을 보았다 제사장은 신탁을 듣고 숫양을 죽여 벗긴 가죽에 새겨 넣었다 신의 말은 용암과 같은 온도여서 소리 그 자체로 피지에 스몄다 북방에서 태양이 솟고, 달이 기우는 곳에서 역병이 창궐했다 길고 긴 백야가 시작되자 아무도 문밖으로 나오지 않았다 그러나 목이 잘린 이리와 이리를 잡아먹는 동족들만이 밤의 낮을 지배했다 천 년이 지난 후에도 이리 떼는 사라지지 않았다 1985년 에티오피아 우표에도 그 날카로운 송곳니가 그려져 있었다

하, 춘화(春畵)
— 사물의 영역·7

　온통 벌거벗은 여자들뿐이어서 그런 나라가 있기나 한 걸까, 생각했다 그런 나라가 있다는 말과 건달들이 때려서 그랬다는 말이 싸우고 있었다, 생각했다 계집들은 이해 못 한다는 말은 너무 시끄러워 멀었다 문을 열어야 세상이 들렸던 것은 아니었지만, 문을 걸어 잠그고 듣는 소식에는 꼭 누군가 죽어 있었다 손가락이 잘렸다거나 질 나쁜 군인들에게 끌려갔다는 흉흉한 소식도 들렸다 아무렇지 않게, 입은 말하고 귀는 들었지만, 이미 귀는 물러 터지고 입은 썩고 있었다 여자들은 봄볕에 새까맣게 탔다 몹쓸 꿈은 마음을 뭉텅뭉텅 잘라 냈다 생각이 지겨워서 더 생각했다 여자들이 벌거벗어서 더 어두운 북쪽에는 붉은 까마귀 떼가 날아다녔다 공동화장실에 빠져 죽은 아이는 구린내가 없었다 냄새는 익숙해진다, 문밖에서 여자들이 말했다

밤새 지랄이다
ㅡ 사물의 영역·8

족제비는 쥐를 잡아 내장만 파먹었다 마른입엔 내장만
한 게 없다고 생각했으나 도무지 그 맛을 알 수 있는 게
아니어서 어떤 냄새도 떠오르지 않았다 몸통에서 잘려
버린 얼굴 나는 차갑고 슬프고 지독한 것들이 그 사이를
흘러 다닌다고 생각했다 밤새 뜬눈이었지만, 바깥이 닫
혀 있는 맹목적인 얼굴로 그는 코와 입과 눈을 움직였을
것이다 나는 아코디언처럼 열렸다 닫히는 표정을 살피면
서, 어느 순간 굳어 버렸을 마음을 생각했다 문지방에
서서, 그 얼굴이 망설였던 까닭을 물었다 할머니는 죽은
것들이 지랄한다고 말했다 개는 왜 짖지 않았을까 바람
도 고꾸라지는 까마득한 벼랑 같은 것이 내 몸 어디쯤에
있을 것이다 부적을 받고 대청 밑에 붙였다 부적을 떼어
냈지만, 누렇게 웃는 얼굴은 남아 있었다 네 발 달린 짐
승이라도 부끄럽지 않을까요 어서 문지방에서 내려와라,
엉켜 버린 마음은 잘라야 한다 제아무리 족제비라도 귀
신 쫓는다고 밤새 지랄이었다

1976년 검은 달
— 사물의 영역·9

    그 사람들이 쏟아 낸 악취였나요? 그래, 개 비린내 같
은 축축한 바람이 목덜미를 움켜쥔 느낌이었어 우리는
죽은 생쥐를 빙빙 돌리며 유리파편이 서늘한 담장 밑에
서 담배를 피웠지 발바닥에 닿는 묵은눈에는 늙은 그늘
이 웅크려 있었고, 군데군데 박혀 있는 검은 반점에는
겨우내 숨죽였던 쓰레기들이 조금씩 보였어 뜨거운 물
을 드릴까요, 무릎이 차갑습니다 아마 그때일 거야 골목
골목에서 군인들이 완전군장을 한 채 쏟아져 나왔는데,
몇몇 낯익은 얼굴도 보이더군 대낮부터 취한 아버지들은
문밖을 나오지 못했다 우리는 까마귀 떼처럼 동네를 뒤
덮은 그 이상한 몸통을 지켜봤다 그들은 어디서 왔고,
또 무슨 목적으로 동네를 점령했는지 알 수 없었다 그러
나 나는 하수구보다 더 심한 악취, 바람 속에 바늘이 가
득한, 그 역하고 지독한 살기는 잊지 못한다 그날 저녁
등화관제 사이렌이 울리고, 산비탈은 더욱더 거친 어둠
속에 잠겼다 우리는 다시 담장 밑에 모여 웅크려 앉았다
우리 중 가장 용감했던 친구는 계단 아래로 내려가 철모
를 눌러쓴 군인에게 담배를 달라고 했지 죽은 쥐처럼 검

은 달이 뜨던 그날에 사람들은 소리 없이 사라졌더군 그
런데 몇 페이지요? 목소리가 찢어지고 있어요

개미가 끓었다
― 사물의 영역·10

　물기가 없어도 아카시아는 쑥쑥 자랐다 마른 햇빛이
곁에 앉아 천천히 잎사귀를 쓰다듬었다 잎사귀 표정을
살피다가 내 얼굴이 저 빗금 어딘가에 기울어져 있으리
라 생각했다 동네 어디선가 굿판이 벌어지는 날에는 어
김없이 온몸에 살이 찾아왔다 어깨에서 내려오라 했지
만, 내 말은 귀신에게는 전혀 닿지 않았다 씹다 만 아카
시아가 백태로 변하는 꿈이었다 무당이 가고 동네 개 몇
마리도 사라졌다 나는 문지방에 앉아 얼굴에 마맛자국
이 얽은 사람들을 살폈다 나도 그 구멍 속에 있을 것만
같았다 아카시아는 물 없이도 잘 자랐다 사람들은 아프
지 않은 날보다 아픈 날이 더 많았다 그 누군가의 병은
다른 누군가의 집을 사납게 기웃거렸다 수십 년 묵은 서
까래에 버짐을 먹은 듯 개미가 끓었다

무진
— 사물의 영역·11

낡은 광주리에 햇빛이 고였다 바싹 마른 나물들이 누런 물이라도 마실 요량인지 조금씩 햇빛 쪽으로 기울었다

앉은뱅이 노인들은 집요하게 객들을 살폈다 담뱃잎처럼 누렇게 바랜 입술은 아까부터 젖은 바람을 씹으며 어서 오라고 손사래를 쳤다

노인들은 재미 삼아 큰개미를 잡았다 꽁지를 빨아먹었고 나무 그늘 너머로 아무렇게나 내던졌다

몸이 허물어진 저 시큼한 맛은 오줌에 섞여 슬그머니 사라질 것인데 그늘을 비켜난 바람이 농을 치며 백일홍을 자꾸 간질였다

괜스레 나도 사타구니가 가려워 손톱이 붉어지도록 긁어 댔다

서울의 낮은 언덕들
— 사물의 영역·12

당신은 시청 분수대 옆에 설치된 '서울의 낮은 언덕들'
을 보고는 홀린 듯 멈춰 섰다

플라스틱으로 만들어진 거대한 상자 속에는 일곱 개
의 굴절되고 일그러진 인간 형체와 거울에 반사되는 가
시광선, 뿌리가 살아 있는 자작나무와 정교하게 배치된
스페인풍의 각종 전시물들 냄새가 가득했다

당신은 눈을 감고 점자책을 읽듯 손끝으로 하나씩 짚
어 가기 시작한다 연두가 닿으면 숲이 열리고 자작나무
가 닿으면 양피지에 옮겨 쓴 문자들이 열렸다

청동 파이프가 벽을 따라 길게 이어진 곳에서 당신의
손가락도 직선과 수직으로 움직였다

골목을 걷다가 90°로 꺾일 때마다 새로 붙은 지느러미
가 경쾌하게 파닥거렸다

* 배수아의 장편소설.

왕국의 우물과 시계태엽
— 사물의 영역·13

눈을 감아야 보이는 꿈이, 눈을 뜨고서도 보일 때가 있다 이를테면 정오에 멈춘 시계태엽을 감고 있었는데 중앙박물관이 통째로 사라져 버린 검은 폭염 같은 그때 나는 시청에서 나온다 광장에 모인 사람들 중 몇몇이 깃발을 들고 서 있었고 대형스피커는 깃발을 힘차게 흔들었다 관광객들이 지나가다 멈추고 군중의 연대와 분노를 카메라에 담았다 돌담길에서 한 여자가 박물관 위치를 물었다 나는 까마득한 고대사를 뒤지듯 구글 지도를 돌려가며 간신히 좌표를 짚어 냈다 몰락한 왕국의 유물들이 관객을 향해 놓여 있었다 나와 여자는 마지막 왕이 창을 겨누며 사냥꾼들과 싸우다가 우물에 빠져 죽은 이야기를 읽었다 달빛조차 짓이겨 버릴 맹렬한 속도로 옛날이 까마득히 물러났다 왕국의 휘장이 유리벽 너머에서 차갑게 빛났다 몰락만이 왕국의 우물을 영광으로 가득 채웠다 그때 나는 시청을 나온다 멈춘 시계태엽을 감고 나는 중앙박물관으로 향했다

사마르칸트
— 사물의 영역·14

　내일 당신은 사마르칸트*에서 서울로 간다 날씨는 어땠어요, 음식과 집과 색깔과 대기의 냄새들은 당신은 목초지의 하루를 떠올리면서 축제와 중앙역과 시청과 박물관을 끄집어냈다 명동만큼이나 국적을 찾을 수 없었어 당신과 함께 걷던 여행자들은 모호한 웃음과 모호한 그림자와 모호한 불안을 숨기고 폭염 속을 거침없이 걸어갔다 내일 당신은 수염이 덥수룩한 애인과 함께 서울의 골목과 시장과 사원을 지난다 서울의 모르는 바닥에 앉아 빵과 생수로 간단히 식사를 때우고 서울의 무미건조한 날씨와 뒤섞인다 내일 서울은 국지성 폭우가 내린다 바람이 머물고 기우는 곳은 언제나 습기가 뭉쳐 있다 당신은, 집중한다 은회색 사시나무가 벌 떼처럼 흔들리는 중앙역에 내려 당신은 서울로 향한 먼 곳을 바라본다 당신이 모르는 사마르칸트가 여기저기 흩어져 있다

---

* 우즈베키스탄의 도시.

중국식 목각인형

− 사물의 영역·15

　당신은 중국 출장 중에 목각인형을 사 온다 중국식 무
덤에서 자주 발견되는 손바닥만 한 목각인형이다 그 인
형은 진시황의 토기 병사들처럼 생매장됐으며 매우 고약
했던 식인 풍습의 흔적도 묻어 있다 (적어도 품질보증서
에는 그렇게 적혀 있다) 모두 구체적이고 생생한 표정을
짓고 있어 마치 "식당에서 저녁 먹고 있었어요"라고 말하
는 듯하다 그렇게 끌려온 사람들을 아틀리에 어디쯤 놓
을까 고민하다가 당신은 테디 인형 가랑이 사이에 목각
인형을 놓았다 롯데가 잠실 한복판에 거대한 종유석을
건축한 이유와 같다

*

　중국식 목각인형은, 당신이 15년간 수집했던 다른 장
난감, 이를테면 10cm 남짓한 배트맨 피규어나 1차 세계
대전 독일의 주력기였던 포커 전투기, 연합군의 대형 항
모와 250mm 포탄을 탑재한 탱크, 그리고 한국전쟁 무
렵 이태리에서 생산된 우아한 슈퍼카 옆에 있다 아틀리

에 전체가 종교적 엄숙함을 가질 정도로 당신의 집중과 배치는 놀라웠다 모든 것이 살아 있고 움직이며 전쟁을 한다 예외가 있다면 레고가 없다는 것 그는 레고 세대임에도 불구하고 레고 모형에는 아무런 즐거움을 느끼지 못했는데 왜냐하면 레고를 만들기 전에 일본식 전투 로봇을 먼저 조립했기 때문이다

*

당신은 집에 돌아오자마자 바로 아틀리에로 간다 오른손 엄지로 중국식 목각인형을 쓰다듬는다 황홀해서 눈을 뗄 수 없다 산 것과 죽은 것도 아닌, 이 흔해 빠진 유령들에게 가족과 같은 유대감과 놀라운 청교도적 사랑을 느끼는 것 인형이 불타 버리는 악몽을 꾼 다음 날 불안한 당신은 국가기록물보관소에 가서 그의 증명서를 신청한다 국가는 국민의 출생만 증명한다고 공무원이 말한다 그리고, "장난감 등록은 3층 소관입니다"

악몽
— 사물의 영역·16

사람은 등록되는 방식으로 태어난다

*

국가기록물보관소에 도착한 당신은 자신의 출생증명서를 신청한다 막혔던 배수관이 뚫린 기분이었으나 막상 증명서를 받았을 때에는 파쇄기를 통과한 서류뭉치처럼 갈기갈기 찢겨 있었다 배꼽에 붙어 있던 탯줄을 끊어 씹어 먹는 착란이 온몸을 움켜쥔 것이다 석유를 흠뻑 마신 불쏘시개처럼 게걸스러운 입속에는 목소리 대신 끈적끈적한 살과 피로 가득했다

(빌어먹을, 이 악몽은 누구의 머릿속이지?)

당신을 지켜보던 공무원이 서류를 내밀면서 책상을 툭툭 쳤다 당신은 끈적끈적한 악몽을 겨우 중단한다 열람원에 사인을 하면서 당신은 누락된 서류가 없는지 확인한다 나는 태어났고 등록되었다 자라면서도 등록되었다

등록은 피할 수 없는 일, 날씨가 흐리든 눈이 내리지 않
든 일 년 내내 꽃이 피지 않든 나는 등록된 사람이다

　기관에 나를 증명해야 하는데 오히려 내가 증명서를
기관에서 받아야 하는 아이러니는, 그러므로 무시하자
서류 속에 당신은 이미 간단히 표기되어 있었다 '기적의
방'에 설치된 굴절된 인간—형체보다 더 메마르고 간단했
다

　당신은 기록물보관소를 나오면서 눈을 떴다
　다시, 누군가의 머릿속이다

시청이 있다
― 사물의 영역·17

    책상 위 모든 서류가 시청이 발송한 우편물이다: '오후 4시', '북문 3층 12호실'에서 기다린다는 공무원의 목소리가 맴돌았다 홍보지에 찍힌 시청은, 높이 솟은 스페인풍의 첨탑과 정오를 알리는 경쾌한 종소리, 불규칙한 간격으로 광장을 날아오르는 비둘기들, 한가롭게 누워 일광을 즐기는 관광객들의 순수한 웃음으로 가득했다 모두가 행복한 얼굴을 하고, 동시에

    모두가 모두를 피하고 있다*

                *

    중앙역에서 애인을 기다린다 그는 나의 유일한 목록, 나의 모든 이름이자 색깔이고 봄이다 애인을 기억할 때마다 옛날이 다시 펴졌다 다르게 읽혀지는 장면에는 다르게 배치된 기억—발자국이 찍혀 있다 나는 마임을 하는 손처럼 목소리를 지우고 애인에게 히아신스를 선물한다 이 장면도 언젠가는 삭제되거나 바뀔 것이 분명하다

낡은 라디오는 흘러간 노래를 움켜쥐고 잠들었지만 그
노래를 매 순간 듣고 있다(고, 나는 상상한다)

*

  걸음을 멈추고 쇼윈도를 쳐다본다 붉은 셔츠를 입은
마네킹이, 우아하게 손을 들고 있다 그러나 정밀하게 기
울어진 두 다리와 어깨는 뒷걸음치듯 물러나 있다 제조
된 연도로부터, 혹은 '마네킹'이라는 배역으로부터

  하루를 걸으면,
  다시 하루가 내 몸을 열고 허기를 쏟아 냈다

*

  중국인 관광객들이 광장에 모여 사진을 찍거나 캐리어
에 기념품을 구겨 넣었다 그 너머 노동자들이 밝은 주황
과 파랑이 마구 덧칠된 수직의 간결한 입체를 만들고 있

었다 애인과 나는

시청

을 향해 걷다가 보도블록을 교체하는 작업장 앞에서
멈췄다 바로 옆에 거대한 입구가 폐장을 앞둔 박물관처
럼 무료하게 서 있었다 혀를 목구멍 속으로 밀어 넣고 찢
어진 입술을 단단히 조였다 문득 온몸을 움켜쥔 이 악력
이 누구의 손인가 궁금해졌다

*

태어나자마자 버려진 것들은 모두 불행을 집어삼킨 영
혼이다 언젠가 본 늙은 개는 골목에 처박혀 온몸에 번진
죽음을 핥고 있었다

*

시청이 발송한 문서에는 유효기간이 없다 나는 침착하게 전화를 걸어 위치를 물었다 '그곳'이 있다는 듯 물음표를 베낀 유리벽 너머 사람들은 떠오르고 난파되길 반복했다 시청은 정교하게 설계된 폐쇄회로, 시간이 사라진

혹은
시간이 압축된

*

1865년 어느 저녁이다 캐럴은 웃음을 먼저 그리고 얼굴을 가장 나중에 그렸다 체셔는 웃을 때마다 몸의 바깥쪽부터 차츰 사라졌다 엘리스가 문을 열었을 때는 이미 지워지고 없었다

*

시청의 시계탑에서 정오를 알리는

종소리가 울렸다 옛날 복장을 한 젊은 청년들이
깃발과 창을 들고 2열종대로 걸어간다
목젖까지 내려온 가짜 수염이
철사처럼 단단했다, 나와 애인도 옛날 사람처럼

북과 호각에 맞춰
북과 호각에 맞춰
북과 호각에 맞춰
북과 호각에 맞춰

*

가파르게 깎인 계단과 복도를 지난다 건물 옥탑에는
구름이 수직으로 꽂혔고 오늘의 날씨는 아이스크림처럼
녹아 흘러내리며 자국을 남겼다 플라타너스를 삼킨 태
양과 먼 바다에서 밀려오는 해무, 보이지 않는 곳에서 짖
어 대는 늙은 개와 개를 집어삼킨 목줄 그곳에 공포에
질린 목소리가 박혀 있다 그러므로 시청이란 상자를 구

멍과 얼룩으로 분해하는 화학공장 혹은 게시판에 고정된 '광고물 부착 금지'의 완강하고 쓸쓸한 문장

이다

*

시청 앞에 거대한 플라스틱 상자가 전시되어 있었지 상자의 매끄러운 홈에서 반사되는 그림—이미지들은 시립미술관 내부의 우아한 채도를 갖추었고 잡티 하나 없는 사과처럼 깨끗했네 채식주의자도 들어갈 수 있을까, 그럼 가능하지 시청은 모든 면에서 관대하거든 시청은 거대한 숲이어서 숨을 들이켜면 이파리와 나무가 출렁거려 우리도 시청처럼 다정해 보일까, 그때 귓속을 울리는 시청의

리듬, 시청의 리듬
시청의 리듬

완벽하게 복제된 레디메이드
시청,

제목도 '기적의 방'이다

*

　붓다가 거실에 앉아 조용히 TV를 시청한다
화면에는 그의 얼굴이 꽉 차 있다[**] TV를 보는
붓다는, 자신을 응시하는 화면 속의 붓다에게
말을 건네지만, 그 반대도 마찬가지다 그들은
동시에 말하고 듣고 침묵한다 플러그를 뽑지 않
으면 절대 멈추지 않는 거울놀이 그는 스스로를
복제의 지옥에서 구원하기 위해 화면을 분할한
다 더 쪼개질 수 없을 때까지 그러나 동시에 이
발소에 걸린 1만 피스 퍼즐처럼 현실도 산산조
각 난다

*

지하계단에서 차갑고 무거운 얼굴들이 올라왔다 북문이 어디죠? 오후 4시, 시간에 맞춰 질문을 한다 그들은 말이 없었고 시청이 보낸 우편물을 들고 빠르게 사라졌다 아무것도 볼 수 없는 나의 늦은 애인은 분수대에 앉아 카메라를 꺼낸다 화사하게 웃는 관광객을 떠밀듯 비둘기가 날아오른다 스페인풍의 첨탑에서 울리는 경쾌한 종소리:

여기가 시청이야?

나는 애인을 향해 털가죽이 모조리 벗겨진 고양이처럼 웃었다 웃을 때마다 그는 바깥쪽부터 천천히 지워졌다 나와 애인은 어긋나고 헛돌면서 시청을 향한다 여전히 중앙역은 일정한 간격으로 사람들을 쏟아 냈다

모두가 시청이 발송한 우편물을 손에 든 채

모두가 시청을 향해 걸어가고 있다

* 로베르트 발저, 『산책자』 중에서.
** 백남준, 〈TV부처〉, 비디오 설치미술, 1974.

4부

나다와 저녁이 걸어간다

국립극장

나다˚와 저녁이 걸어간다

나다는 먼 곳의 꿈을 꾸고 저녁은 낮이 사라지는 방향을 바라본다 아직 오후의 불볕이 남아 사물들의 입체를 길게 왜곡하고 잘게 부수고 있다 지느러미가 잘린 채 포스터를 썼다 다시 지운다:

버려진 빈 칸처럼
외롭게 서 있는 저녁과 나다의

낡고 지겹고 외롭고 쓸쓸하고 반복적으로
혼자뿐인 그림자들

                    *

여름이 저물고
누군가의 잠 속에서 다시 여름이 타올랐을 때

아니, 9월이 시작되고
9월의 하루가 완전히 저물었을 때

나다와 저녁은 반드시 걸어간다

*

중앙역 미풍식당에서 해장국을 먹다가 나다는, 저녁
을 유심히 살핀다 속눈썹 그늘에서 뺨으로 기운 사선이
있다 코가 솟았다가 흩어지고 느릿느릿 백 개의 눈과 귀
가 열렸다 백 개의 그림자들이 쏟아지면서 백 개의 유화
를 덧칠하면서 백 개의 나다가 저녁의 입속으로 파고들
었다

*

(이 이야기는 어때?) 아버지의 성을 버린 나다가 배다
른 누이의 혀를 뽑아 버렸을 때, 온몸이 암전됐다는 말

이지? 독일에서 있던 실화라는데, 독일이 아니면, 분명
독일의 먼 곳일 거야 정오의 독일이 아니면, 아마도 늦은
9월의 하루였을 테지 (이 이야기는 어때?) 독일식 차를
마시며 독일식 빵을 씹어 먹는, 너는 모든 게 그런 식이
야, 라고 말하는, 할머니의 정교한 틀니 같은 (이 이야기
는 어때?) 국립극장이 무너지면 바로 진입로가 나와 거
기서 더 가면, 딱 한 발만 더 가면 천국처럼 낯선 저녁이
보일 거야

                              *

   나다와 저녁이 걸어간다 국립극장 외벽을 타고 황혼이
흘러내린다 느리고 비린 액체를 마시며 그림자들이 회화
와 춤 속으로 빠르게 침범한다 말하자면, 나다와 저녁은
모두가 모두를 피하는** 지독한 근시의 세계:

   (갈색 철망에는 '포르말린'이라고 쓰여 있다.)

*

    무대를 걸어 다니는 그림자들이, 오직 그림자들의 회화
와 춤만이 국립극장을 소비한다 그러므로 저녁은 이미,
국립극장의 모든 나다를 데리고 남산으로 향하고 있다

*

(산다고 믿고,
제 삶을 쓴다고 믿는다
구멍을 뚫는다)***

그런데 그거 아니?
저녁이 말한다,
나다의 그림자에는 항상 구멍이 뚫려 있어

---

* Nada, "아무것도 없음"이라는 뜻. 『유쾌한 회전목마의 서랍』의 「하드보일드 나
다」와 동일 인물.
** 로베르트 발저, 『산책자』.
*** 에드몽 자베스, 『예상 밖의 전복의 서』.

세상의 끝, 딜런

딜런은 서울에서 한 달을 보내고 인도로 가는 길고 긴 횡단열차에 올랐다 태양과 달이 한꺼번에 사라진 세상의 끝이 그의 머릿속을 가득 채우고 있었다 그는 항상 염소가죽으로 만든 트렁크를 들고 있었는데, 몇 년이 지난 후 나는 트렁크 속에 무엇이 들었는지 물을 것이다 열차는 개마고원을 지나고 몽골의 내륙을 건넜으며 지중해 연안에 잠시 멈춘 뒤 리옹을 돌아 바라나시로 향했다 침대가 덜컹거릴 때마다 몰락한 왕국이, 왕국의 꿈을 꾸는 딜런을 거세게 흔들었다

딜런은 바에 앉았다 버번과 맥주를 번갈아 마시면서 가끔 위대한 팝스타를 흉내 냈다 검정에 회색을 덧칠한 듯 무척 희미했지만 딜런의 노래는 멀리 타클라마칸까지 퍼졌던 것으로 기억한다 나는 딜런 곁에서 물끄러미 차창 밖을 바라봤다 저녁의 붉은 여백이 쏟아지면서 철로를 마찰했다 그 순간 나는 갈기갈기 찢긴 종이처럼 흩어졌다 몬드리안의 회화처럼 딜런도 멀어지다가 몸과 마음의 경계만 남았다

딜런은 열차에 오르며 세상의 끝에 가면 한없이 게을러질 거라고 중얼거렸다 이대로 흘러가서 바다에 닿으면 바다에 닿아 다시는 떠오르지 않는다면…… 나는 세상 끝에 가서 읽을 문장들을 떠올렸는데 가령, 키냐르의 은밀한 일기나 보르헤스의 미간행 원고뭉치, 푸코의 소설, 벤야민의 마지막 수기 같은

자정이 되자 나는 잠 속으로 빠져들었다 잠 속에서, 신성한 물에 잠겨 평생을 보냈다 유황과 몰약을 바르며 가벼워졌다 서로 몸을 감고 스며드는 산책자들의 은밀한 황혼이 나를 감쌌다 그런데 트렁크에는 뭐가 있어 시청 광장의 가장행렬을 바라보며 물었다 딜런은 단호히 염소라 말했다 그게 염소였는지 종이인간이었는지 아니면 해적판 레코드나 회색이 덧칠된 검정, 버번, 혹은 새빨간 달이었는지 아무렴 어때 나는 이제 막 세상의 끝에서 딜런의 문을 여는 것이다

출생증명서가 필요해
— 시청이 있다·1

　북문 3층 12호실이 어디죠? 당신은 무장한 경관에게
다시 묻는다 담쟁이 넝쿨이 뒤덮은 시청의 거대한 입구
가 폭염에 무방비 상태로 노출되어 있다 몇 번이고 같은
질문을 해 대는 사내에게 경관은 이해할 수 없다는 듯
되묻는다: '기적의 방'이 궁금해? 그곳은 눈에 보이지 않
아 박람회에 진열된 상품처럼 온갖 물건 속에 숨겨져 있
네 경관은 아주 짧게 웃고 무뚝뚝한 표정으로 돌아온다
당신은 시청에서 발송한 우편물을 꺼내 다른 경관에게
보여 준다 나는 지금 12호실에 가야 해요 옆 사람과 똑
같이 무장한 경관은, 친절하게 웃으며 절차를 밟아 오라
고 말한다 그곳은 시민만이 출입할 수 있으므로 우리는
당신의 "출생증명서가 필요해"

북문 3층 12호실
─ 시청이 있다·2

모든 문장에는 일정한 간격이 있고 냄새와 두께가 있
다 시계탑에서 정오를 알리는 종소리가 울렸다: 옛날 복
장을 한 청년들이 북과 호각에 맞춰 걸어가기 시작한다
시청과 무관한 관광객들이 시청을 배경으로 기념촬영을
하며 웃어 댄다 광장을 바라보는 모든 창문이 일관된 색
이고 굳게 닫혀 있다 당신은 광장을 지나 보도블록을 교
체하는 공사장까지 갔다가 다시 빠르게 시청으로 향한다

모든 창문은 일정한 간격으로 서 있고 창문에 덧댄 창
살도 비좁은 간격으로 안과 밖을 자르고 있다 당신은 자
신의 출생을 증명할 서류를 어떤 방식으로 찾아야 할지
난감하다 자신을 증명할 서류는 모두 국가 소유기 때문
이다 점심시간이 끝나고 입구가 열리길 기다리면서 중얼
거린다: "출생증명서는 얼마든지 위조될 수 있어"

*

한바탕 소나기가 쏟아진 오후, 광장 분수대 옆에 설치

된 거대한 플라스틱 상자가 반짝이면서 붉은 물감을 쏟
았다 담쟁이 넝쿨에 새까맣게 붙어 있던 무당벌레가 갑
자기 사라진 그때 경관들은 시원한 사무실에 앉아 얼음
코크를 마시며 두툼한 샌드위치 포장지를 벗기고 있었다

우리는 설계자가 아니야
— 시청이 있다·3

2교대를 마치고 경관들은 오후 4시에 무장을 풀었다 방탄복은 숨 막혀, 하지만 그들은 거울을 보듯 예의 바르게 경례를 했다 오늘도 시청에 난입한 사람이 없었으니, 깔끔하게 정돈된 하루다 경관들은 사복으로 갈아입고 '당신들을 믿는다'는 표정으로 교대 조에게 열쇠꾸러미를 넘긴다 그런데 그들은 입구를 나서면서 북문 5층 3호실을 물었던 사내를 다시 보게 된다 경관들은 그곳이 '기적의 방'임을 알았으나 도무지 어디에 있는지 알 수 없었다 하지만 시청은 비밀이 없으므로 기적의 방은 틀림없이 존재할 것이다: "우리는 설계자가 아니야" 경관들은 잠시 서로를 쳐다보고 웃었다 그리고 사내를 지나쳐 중앙역으로 빠르게 걸어갔다

왓슨

신이 만든 세상은 적절하고 신비로웠으며 매혹적이었다 그는 만족해하면서 스타벅스로 가 에스프레소를 주문했다 며칠 후 신은 자신과 똑같이 생긴 아담을 만들고 아담이 외롭지 않도록 이브를 만들었다 여기까지는 다 아는 얘기다

*

어느 날 두 사람은 폭염을 피해 무화과나무 그늘에 앉았다 그들이 할 일은 온종일 신을 찬미하는 것 반복해서 노래를 부르다가 말하는 입이 휘파람을 부는 입을 막았다 그것이 낙원 추방의 시작이었다 신은 그들이 걸어간 방향으로 모래폭풍을 날리다가 그만둔다 지겨워졌기 때문 에덴을 리셋하고 처음부터 설계하는 일을 반복했다 몇 명의 아담과 이브를 추방했는지 모른다 날이 갈수록 신은 능숙해졌다 9월이 지나고 12월이 다가왔다 거실에 앉아 뉴스를 보는데 한강에 신원불명의 벌거벗은 시체두 구가 떠올랐다는 소식이 들려왔다 신은 갑자기 눈물

을 흘리기 시작하더니 같이 작업하던 왓슨*에게 설계를 미루자고 제안했다 한참 후 신은 스타벅스에서 에스프레소와 샌드위치를 주문하고 달빛이 은은히 내려앉은 창가에 오래 앉아 있었다 옛날에도 그랬다

* IBM 인공지능.

요른

　때마침 요른*이 집은 것은 염소가면이었다 다리에 달라붙은 지느러미를 뽑아내느라 피가 흥건했는데, 가면까지 덧칠하니 캔버스는 더 어둡고 기괴했다 요른은 은밀하게 나이프를 놀렸다 폭염은 설탕처럼 녹아 끈적끈적했다 빌어먹을, 이 폭염에 무슨 축제야 요른은 가면을 쓰고 말린 염소고기를 씹으며 걸어 다녔다 광장과 중앙역을 지나고 시립미술관으로 꺾어질 때 기어이 까마귀를 토해 냈다 염소가면은 더 깊고 더 무겁고 더 능숙하게 요른을 파먹었다 염소와 염소가 아닌 것들이 아교처럼 단단하게 달라붙었다 요른, 요른, 요른…… 서대문역에서 요른은 더 이상 걷지 못했다 살구나무에 새파란 눈이 내렸다 요른은 검정에 붉은 물감을 섞으면서 축제의 끝을 덧칠했다 뼈만 남은 물고기들이 그의 사지에 붙어 파닥거렸다

* 아스게르 요른(Asger Jorn). 덴마크 출신의 화가.

출애굽 외전

B.C. 954년 시바가 눈을 떴다 천 년을 먼저 깨어났다
별자리가 뒤바뀌는 뒤숭숭한 일기가 계속됐다 별의 색
과 운행을 바라보는 자의 눈도 사원의 어둠과 엉키기 시
작했다 사람들의 머리는 뱀을 닮아 갔고, 목과 등에도
뱀이 새겨졌다 봄의 별은 빠르고 겨울의 별은 모호했다
제사장은 모든 죽음이 왕국의 우물에서 시작할 것이라
말했다 불안은 징후로 나타났다 도처에 인간을 잡아먹
는 메뚜기 떼가 창궐했다 물고기와 가축은 머리가 잘려
썩어 갔다 밤을 질문하는 자는 누구든지 혀와 눈이 뽑
혔다 제사장은 사원을 폐쇄하고 사막을 건너가라 명령
했다 여기까지가 인도와 이집트와 이스라엘이 똑같이 기
록하는 역사다 그러나 출애굽 외전은 이렇게 덧붙였다:
"남자와 남자가 아닌 것들이 먼저 출발했으나 지금까지
누구도 시온에 도착하지 못했다"

창과 라

  창은 희고 높은 지붕을 바라봤다 라는 입술을 오므리고 작은 휘파람 소리를 냈다 날벌레들이 입에 달라붙어도 아이는 쫓아내는 시늉만 했다 창과 라는 웅크리고 걷다가 멈추고 뒤를 돌아봤다 망가진 장난감은 몸과 자리를 벗어나지 못했다 벗을 수 없는 몸과 자리가 창과 라를 보고 웃는다 창은 떨어진 못을 줍고 라는 보드라운 볕 뭉치를 굴렸다 창과 라는 여우나 족제비를 잡아 꼬리를 태웠다 불이 지나간 자리에 얼음이 박힐 때까지 창은 지붕을 바라보고 라는 모래 쌓기에 열중했다 멀리 봄과 밤이 지나갔다 밤과 달이 지나갔다 썩지 않는 백 년이 지나갔다 구정물에 누웠는데 낡은 지붕의 구멍 사이로 희고 높은 구름이 흘렀다 인내와 시간은 가까웠다 창을 살짝 밀면 무너지는 소리가 났다 라는 털 뭉치를 만지작거리다가 창에게 처음 말을 걸었다 아주 멀리 달과 밤이 지나갔다

카페 뮐러

　오후 5시가 되자 뮐러*는 규칙적으로 어두워졌다 어둠 속에서 세계는 빈틈없이 꽉 차고 안과 밖은 구별되지 않았다

　신은 뮐러를 청소하다 말고 물끄러미 창밖을 바라봤다 밝은 주황이 돌담을 휘감고 멀리까지 갔다

　문이 열릴 때 희고 가는 것들이 튀어나왔다 입을 다문 천사와 눈먼 사제들이었다

　발목과 의지가 없어도, 청소하면서 스스로를 소진시켜도 신은 그들에게 단호히 말했다: 나는, 나를 비스듬히 그었으며 몸을 열고

　쏟아졌다 멈췄다 뛰어올랐다 부서지고 차가워졌다

---

* 피나 바우쉬(1940. 7.~2009. 6.)의 놀라운 공연 실황.

그물과 의지

그물에 정어리 떼가 걸려들었다 선원들은 그물을 잡아 당기면서 크게 노래를 불렀다 바다를 통째로 씹어 먹는 소리였다 지느러미를 뽑아내고 몸을 잘라 내며 비틀었 다 갈매기가 떼 지어 날아와 물고기를 낚아챘다 짧고 굵 은 직선이 무정형으로 튀어나와 어둠을 긁어 댔다 그물 을 다 건져 올리자 갑판에서 파닥거리던 정어리와 선원 들이 한꺼번에 뒤엉켰다 벌거벗은 육체만큼 오래된 시가 있을까 해무다, 저기 무시무시한 해무가 바다의 내장을 다 뒤집고 있다 영사기를 돌리다가 왓슨은 스크린을 바 라봤다 목소리와 자막이 어긋나 있다 이를테면, 아가미 가 시뻘겋게 타고 있어 일등항해사가 말했는데 한참 뒤 에야 활자가 나타나는 식이다 그는 영사기를 멈추고 시 간을 미세하게 조정한다 싱크가 맞자 스타벅은 자막에 맞춰 다시 대사를 내질렀다

정오의 눈부신 빛

국지성 폭우에 방치된 당신은 30년 전에 나를 처음 만났던 자리에 앉아 있었다 비를 흠뻑 맞으며, 체크무늬 반팔과 운동화가 흐물흐물해질 때까지 말없이 내 손을 잡고 있었다 그때 축제가 열렸지, 염소들이 떼 지어 걸어 다니던 정오의 눈부신 빛 밟을 때마다 터지는 정오의 눈부신 빛 우리는 각각 독립된 시처럼 존중했고 따로 크는 식물처럼 어울렸네 기억해야 할 것들의 목록을 작성하며 황혼을 뒤덮는 짙은 어둠을 견뎌 냈지 당신은 분명했고 수다스러웠지만 문장만큼은 간결했네 계절마다 당신 옆에서 수선화가 피고 졌네 수선화가 피고 질 때마다 당신의 무례한 웃음도, 손짓도 함께 피고 졌네 나의 모든 것이었던 기억들이, 꿈을 휘저었던 의지들이, 활자 속으로 쏟아졌네 남겨진 삶에 대한 예의…… 남겨진 당신이 내게 묻는다면 망각이라 말할 것이네 망각하기 위해 최선을 다해 기록하라고, 불결함과 취향의 고약함까지도

봄날의 허밍

　날지 못하는 새들이 내게 왔다 같이 저녁을 먹고 책을 읽었다 손을 잡고 비탈을 걸어 다녔다 짧은 발톱으로 꾹 꾹 눌러 밟았다 바닥이 몹시 시큰했다 새들을 보니 검은 눈자위 근처 흰 꽃들이 피어 있었다 혓바닥에 쌓인 묵은눈도 녹아 흘렀다 곁을 나누고 함께 잤다 곁을 나누니 별이 밝았다 노래 한 소절 목청껏 뽑을까 싶었는데 꿈을 걷는 새들이 안쓰러워 악보만 바라봤다 쉼표까지 허밍 허밍 허밍 사박사박 봄이 걸어 다녔다 새의 곁에서 사뿐 사뿐 봄이 날아다녔다

바라보다

마른 볕에 당신이 고여 있었다 뜻밖이라 한걸음에 달려갔지만 당신은 꼭 그만큼 물러났다 볼 수만 있고 닿을 수 없어 마음만 우둑했다 볕은 숲을 흔들면서 꽃가루를 날렸다 북쪽으로 떠나는 철새처럼 크게 휘어지고 출렁거렸다 하늘이 노랗게 덧칠되다가 물에 씻긴 듯 맑아졌다 너는 어디를 보고 있냐는 당신의 옛 물음 같았다 나는 소리가 없으므로 가만히 바라보기만 했다 한참을 바라보는데 그만 몸이 무너졌다

타자의 집

조강석(문학평론가)

1.

박성현 시인의 두 번째 시집 『내가 먼저 빙하가 되겠습니다』는 조금 특별한 속내를 지니고 있다. 눈에 띄게 변별되는 세 개의 형식이 시집 안에 존재하기 때문이다. 물론 첫 시집 『유쾌한 회전목마의 서랍』에서도 그의 시는 좀처럼 단일한 해석으로 쉽게 환원되지 않는 다층적 특질을 품고 있었다고 할 수 있다. 복안(複眼)에 맺힌 다중적 상들을 다각적으로 제시하면서도 흐트러짐이 없는 작품들을 그는 첫 시집을 통해 선보인 바 있다. 그런데 두 번째 시집에는 복안에 포착된 다면과 사태의 다각성이 드러나는 것을 넘어서 아예 발성법 자체가 명료하게 변별되는 세 가지 형식이 함께 살고 있다. 세 가지 계열의 시들이 묶여 있다고 할 수도 있겠고 아예 동일성의 품 안으로 귀환하지 않는 타자들의 세 영역이 존재한다고 해도 좋을 것이다. 그렇다면 이때 중요한 것은 각각의 영역에는 자치의 원리와 외교의 기술들이 있기 마련이라는 사실이다. 우리는 원경으로부터 접근하며 입역(入域) 허가를 요청해 볼 것이다.

때마침 요른이 집은 것은 염소가면이었다 다리에 달라붙은 지느러미를 뽑아내느라 피가 흥건했는데, 가면까지 덧칠하니 캔버스는 더 어둡고 기괴했다 요른은 은밀하게 나이프를 놀렸다 폭염은 설탕처럼 녹아 끈적끈적했다 빌어먹을, 이 폭염에 무슨 축제야 요른은 가면을 쓰고 말린 염소고기를 씹으며 걸어 다녔다 광장과 중앙역을 지나고 시립미술관으로 꺾어질 때 기어이 까마귀를 토해 냈다 염소가면은 더 깊고 더 무겁고 더 능숙하게 요른을 파먹었다 염소와 염소가 아닌 것들이 아교처럼 단단하게 달라붙었다 요른, 요른, 요른…… 서대문역에서 요른은 더 이상 걷지 못했다 살구나무에 새파란 눈이 내렸다 요른은 검정에 붉은 물감을 섞으면서 축제의 끝을 덧칠했다 뼈만 남은 물고기들이 그의 사지에 붙어 파닥거렸다

─「요른」 전문

제1영역에는 3인칭으로 기술되는 사건과 여기에 정서적으로 연루된 관찰자의 시계(視界)가 놓여 있다. 마치 가장

짧은 형태의 엽편소설에서처럼 사건을 스케치하되 일의 전모가 아니라 파국이 진행 중인 바로서의 사건을 다룬다. 대개 이 시집의 4부에 실려 있는 시들, 예컨대, 「국립극장」, 「세상의 끝, 딜런」, 「왓슨」, 「요른」, 「출애굽 외전」, 「창과 라」, 「카페 뮐러」와 같은 시들이 여기에 속한다. 지배적 정서의 표현으로부터 자유로울 수 없는 1인칭 화자를 최대한 배제한 채, 마치 편재하는 시계(視界)의 주재자의 것인 양―물론, 어떤 경우에도 이때 시계는 숨은 1인칭의 것임을 우리는 알고 있다―화면을 부려 놓고 여기에 파국을 던져 놓음으로써 정동적 동요(affective fluctuations)를 일으키는 이 시를 이 시집의 제1형식의 시라고 칭할 수 있겠다. 이런 방식으로 타자가 거하는 영역의 자치 원리는 3인칭 시점을 통해 구현되고, 외교는 저 정동적 효과를 통해서 실현된다. 이런 방식에서라면 '세상의 모든 타자들'이 이 시야에 포착될 수 있으되, 지면의 한계상 여기서는 앞에 인용된 「요른」을 통해 그 양상을 살펴보자.

이 화면에 포착된 것은 덴마크의 화가 아스게르 요른(Asger Jorn)이다. 표현주의와 추상화를 거쳐 개성 있는 화풍을 발전시킨 아스게르 요른이 자신의 방법으로 흥미롭게 활용한 것은 '차용(appropriation)'과 '변용(modification)'이었다. 기존의 것을 취하고 그것을 변주시켜 새로운 화면으로 나아가는 것이 그의 특기였다. 그런데 앞에 인용된 시는 거의 동일하게 요른의 방법을, 바로 그를 대상으로 하여 취하고 있다. 염소가면을 덧칠하는 손놀림, 덥고 어두운 작업실, 폭염 속에서 축제에 한창인 광장이 순서대로 환기된다. 사건은 요른이 염소가면을 쓰고 작업실을 나서면서 발생하는데 "빌어먹을, 이 폭염에 무슨 축제야"라는 말이 바로 그런 정황과 그로부터 비롯되는 심리 모두를 간명하게 요약해 놓고 있다. 여기까지는 요른의 것.

그러나 상황은 "서대문역에서 요른은 더 이상 걷지 못했다"라는 문장을 전후로 크게 바뀐다. 유럽의 어느 광장과 서대문역 인근의 공간이 포개어지면서 기성의 것을 차용하는 요른의 작업이 시에서 재차 차용된다. 검정에 붉은 물감을 섞는 요른마저 언어의 화폭에 담김으로써 1인칭 화자의 전면 등장 없이 시는 또 하나의 내포-화가를 넌지시 환기시킨다. 그 결과, "뼈만 남은 물고기들이 그의 사지에 붙어 파닥거렸다"라는 마지막 문장은 요른과, 요른을 재차 화폭에 담는 화가와 시를 읽는 독자 모두를 하나의 정동으로 이끈다. 시의 끝에서 요른과 요른을 그리는 손과 이 모두를 들여다보는 독자의 심중에 새겨지는 파문을 구태여 하나의 추상명사로 지시할 필요는 없을 것이다.

2.

짙은 회색 소나기가 떨어지다가 공중에 멈췄다 물방울을

뜯어내면 못 자국이 생겼다 구멍과 얼룩이, 보풀처럼 일어
나 번지는 것인데 뒤집어지고 스며들며 멀리 간 것까지 불
렀다 시청 계단에 앉아 립스틱을 바르던 애인이, 내 입술에
묻은 빨강을 보고 웃어 댔다 어리석은 취향이야 소나기가
쏟아지는 정오, 스페인풍의 오래된 시계탑에서 종소리가 울
렸다 비둘기가 높이 날고 비둘기는 높이 날아 맞은편 호텔
옥상까지 올라갔다 방향과 거리만큼 공중에 사선들이 그어
졌다 물방울을 뜯어내면 구멍과 얼룩이 생겼다 구멍과 얼룩
이, 다시 구멍과 얼룩 속에서 희고 간결하게 번져 갔다 중
앙역 지하보도에 사람들이 모여 비를 피하는데 정오를 알
리는 시계탑 종소리가 울렸다 애인은 시청을 향해 뛰어갔고
나는 애인이 버린 우산을 들고 서 있었다 물방울을 뜯어내
면 그 자리에 구멍과 얼룩이 생겼다

ㅡ「물방울을 뜯어내면ㅡ사물의 영역·1」 전문

　　제2영역은 사물의 영역이다. 이 시집의 3부는 '사물의
영역'을 부제로 한 연작시들로 구성되어 있다. 형식상으로
제1영역과의 뚜렷한 차이는 발화자인 '나'가 매개되어 있다
는 것이며ㅡ경우에 따라 생략되거나 '당신'이 발화 대상의
자리에 놓이기도 한다ㅡ'사물의 영역'이 시계의 중심에 놓
임에 따라 시적 묘사가 주된 스타일을 이루고 있다는 점이
눈에 띈다. 인용된 시를 보자. "물방울을 뜯어내면 구멍과
얼룩이 생겼다"라는 문장은 사물과 결부된 특정한 개별

사건을 지시하는 문장으로 우선 읽힌다. 물방울을 뜯어낸 다는 표현은 비유적 표현으로도 직서적 진술로도 읽힐 수 있는데 전자의 경우 비 오는 날의 기억과, 후자의 경우 물이 스민 벽지와 연결될 수 있다. 그러니까, '물방울을 뜯어내는' 것은 눈앞의 구체적 사건을 지시하면서 동시에 기억을 소환하는 행위가 된다. 중요한 것은 사물을 쉽게 관념과 정서의 편에 인계해서는 안 된다는 것이다. 관념과 정서에 쉽게 인계될 때 사물은 클리셰(cliché)에 복속되거나 기껏해야 개인 상징, 심지어는 개인 토템이 된다. 이 경우 사물의 영역은 쉽게 발화자 '나'의 기억 속에서 용해된다. 그러나 비유가 두 다리에 힘을 얻게 되는 것은 양쪽으로 내민 팔의 무게중심이 기울지 않는 때이다. 「사물의 영역」연작의 묘미는 거기에 있다. 일종의 시계 겹침이라고 해도 좋고 시계 착란이라고 해도 좋을 정도로 생생하게 두 화면이 나란히 놓여 있다. 인용된 시에도 근경 쪽에 구멍과 얼룩이 전경화된 가운데 후경처럼 "애인"과의 한때가 포개어진다. 여기서 사물의 영역의 자치가 지속적으로 확보되어야 회상투의 감회로 떨어지지 않는다. 이 연작은 바로 그 중심을 팽팽하게 부여잡고 있다. 그러니 이를 제2형식이라고 할 만하다. 이를테면, 다음의 대목을 보라.

당신은 중국 출장 중에 목각인형을 사 온다 중국식 무덤에서 자주 발견되는 손바닥만 한 목각인형이다 그 인형은 진시황의 토기 병사들처럼 생매장됐으며 매우 고약했던 식인 풍습의 흔적도 묻어 있다 (적어도 품질보증서에는 그렇게 적혀 있다) 모두 구체적이고 생생한 표정을 짓고 있어 마치 "식당에서 저녁 먹고 있었어요"라고 말하는 듯하다 그렇게 끌려온 사람들을 아틀리에 어디쯤 놓을까 고민하다가 당신은 테디 인형 가랑이 사이에 목각인형을 놓았다 롯데가 잠실 한복판에 거대한 종유석을 건축한 이유와 같다

(······)

당신은 집에 돌아오자마자 바로 아틀리에로 간다 오른손 엄지로 중국식 목각인형을 쓰다듬는다 황홀해서 눈을 뗄 수 없다 산 것과 죽은 것도 아닌, 이 흔해 빠진 유령들에게 가족과 같은 유대감과 놀라운 청교도적 사랑을 느끼는 것 인형이 불타 버리는 악몽을 꾼 다음 날 불안한 당신은 국가기록물보관소에 가서 그의 증명서를 신청한다 국가는 국민의 출생만 증명한다고 공무원이 말한다 그리고, "장난감 등록은 3층 소관입니다"

− 「중국식 목각인형−사물의 영역·15」 부분

목각인형이 '사달'이다. '테네시의 항아리'가 그러하듯(월리스 스티븐스), 목각인형 하나가 집 안의 '아틀리에'에 놓이자 이 인형은 이내 사위를 장악하고 유형무형의 새로운 질

서를 정초한다. 이 목각인형은 내력이 있고 계획도 있다. "진시황의 토기 병사들처럼 생매장됐으며 매우 고약했던 식인 풍습의 흔적도 묻어" 있는 듯한 이 인형은 '잠실 한복판에 놓인 거대한 종유석'처럼 집 안의 '아틀리에'를 장악하고 그 주인에게 "가족과 같은 유대감과 놀라운 청교도적 사랑"을 선사한다. 이것이 왜 사건이 아니냐. 사물의 영역이 틈입하는 순간은 이처럼 돌발적이기 마련이다. (독자 여러분은 바로 지금 눈을 들어 반경 50센티미터 이내의 사물들을 사방경계하시라)

시가 이 대목에서 끝이 났다면 한바탕 소동에 불과했을지 모를 이 '틈입'은 시의 마지막 대목에 이르러 극적 아이러니와 더불어 예기치 않은 귀결을 맞게 된다. 역사와 결부되었을지 모를 '일화(anecdote)'를 지닌 인형이라면 공적 기록물보관소에 등록되어야 마땅한 일일 터. 그러나 진중한 선의에 대해 되돌아온 것은 "장난감 등록은 3층 소관"이라는 공무원의 답변이다. 내력을 보지 못하는 이들에게 사물의 영역은 어디까지나 소관 관할 영역 밖이다. 사물의 영역은 마치 기억의 천재 푸네스에게 기억이 그러하듯 발견하는 자에게는 무한을 선사하는 영역이다. 그리고 시가 사물의 영역을 여는 열쇠로 기능해 온 것은 공공연한 비밀이다.

3.

(1)

바람이 불었네

미세먼지가 씻겨 간 오후

외투에 툭, 떨어진 햇살 한줌 물컹했네

잠시 병(病)을 내려놓고 걸어 다녔네

시청과 시립미술관이 까닭 없이 멀었네

정동에서 늦은 점심을 먹고

해 기우는 서촌에서 부스럼 같은 구름을 보았네

물고기는 허공이 집이라 바닥이 닿지 않는데

나는 바닥 말고는 기댈 곳 없었네

가파르게 바람이 불어왔네

내 몸으로 기우는 저녁이 쓸쓸했네

쓸쓸해서 오래 머물렀네

— 「저녁이 머물다」 전문

(2)

마른 볕에 당신이 고여 있었다 뜻밖이라 한걸음에 달려갔
지만 당신은 꼭 그만큼 물러났다 볼 수만 있고 닿을 수 없
어 마음만 우둑했다 볕은 숲을 흔들면서 꽃가루를 날렸다
북쪽으로 떠나는 철새처럼 크게 휘어지고 출렁거렸다 하늘
이 노랗게 덧칠되다가 물에 씻긴 듯 맑아졌다 너는 어디를

보고 있냐는 당신의 옛 물음 같았다 나는 소리가 없으므로
가만히 바라보기만 했다 한참을 바라보는데 그만 몸이 무
너졌다

-「바라보다」 전문

인용된 두 편의 시는 각기 이 시집의 가장 처음과 마지
막에 실려 있는 작품이다. 지금까지의 설명을 읽어 온 독
자라면 오히려 이 풍경이 낯설어 보일 수 있으나 시집에
실린 상당수의 시에서 가장 큰 지대를 차지하고 있는 것
은 다름 아니라 '당신'의 영역이다. 처음과 마지막 시를 이
렇게 배치한 까닭은 어쩌면 우리가 앞서 살펴본 두 영역이
바로 이 '당신'의 영역 안에 포괄되기 때문일지도 모른다.
그만큼 이 시집에서 '당신'의 영역은 넓게 전개되어 있다.
물론 독자인 우리는 '당신'을 특정할 수 없다. 그리고 어쩌
면 시인 스스로에게도 이 영역은, 비록 처음에는 구체적인
지시 대상을 지니고 있었을지 모르나 이내 관계의 현상학
일반에 가닿는 것이 된다. 김소월에게서 그랬듯이, 이성복
에게서 그랬듯이…….

만약 그렇다면 우리는 구체적 지시 대상이나 일신상의
문제와 관련된 개별적 사실관계들을 읽어 내기보다는 '나'
와 '당신'의 관계의 구체성 그 자체에 집중해서 시를 읽을
필요가 있다. 왜냐하면 연역적 관계가 아니라 관계의 연역
이 시에서는 중요하기 때문이다. 위에 인용된 두 편의 시

에 '나'와 '당신'이 맺는 관계의 특수성이 고스란히 새겨져 있다. 「저녁이 머물다」에는 '나'의 정황이 담담한 어조로 진술되어 있다. "잠시 병(病)을 내려놓고"라는 구절과 "나는 바닥 말고는 기댈 곳 없었네"라는 문장이 객관적 상황과 심리적 정황을 동시에 보여 준다. 「바라보다」는 「저녁이 머물다」에 제시된 정황을 조금 더 내밀한 논리에 의해 선명하게 보여 준다. "볼 수만 있고 닿을 수 없"는 자리에 "당신"이 있다. 정확히는 "당신이 고여 있었다"라고 시간적 경과와 함께 표현했으니 '당신'을 그리는 마음이 어제오늘의 일이 아님을 알 수 있다. 그런데 우리는 이 시의 배경이 된 '당신'과 '나'의 사정을 세세히 알 수는 없지만 관계의 양상은 명료하게 파악할 수 있다. "볼 수만 있고 닿을 수 없어 마음만 우둑했다"라는 문장에는 부연이 필요 없을 것이다. 아마도 다음과 같은 구절 역시 이런 정황과 결부되는 것으로 보인다.

한겨울에도 나는 맨발이었다 미안하다는 말을 할 때면 당신의 구석이 나를 에워쌌다 당신의 구석에는 늘 울음이 고여 있었다 기차가 지나갔다 몸에 꽉 끼는 창백한 소리였다 얇아서 속이 다 비쳤다

— 「맨발」 부분

"한겨울에도 나는 맨발이었다"는 말의 함의는 「저녁이

머물다」에서의 "나는 바닥 말고는 기댈 곳 없었네"라는 구절에서와 다르지 않다. '당신'의 영역에는 세 가지 이정표가 있다. '나'는 맨발이며 바닥 말고 기댈 곳이 없다. '당신'은 볼 수만 있고 닿을 수 없는 곳에 있다. 그리고 '나'의 몸은 무너져 간다는 것이 이 영역의 심리적 이정표들이다. 이 간곡함 때문일까? 이 영역에서의 발화는 '나'의 기억을 통해 반복적으로 '당신'을 소환할 때마다 확인되는 거리, 다시 말해 '당신'에 다가가지 못하고 바라볼 수밖에 없게 하는 거리일지언정 바로 그 거리를 붙들고자 하는, 즉, 거리 자체의 소멸을 막고자 하는 바람을 '나'가 직접적으로 표현하는 형식으로 이루어진다. 거리의 소멸이 관계의 소멸이 되지 않게 하기 위해 '나'는 어떻게 해야 하는가?

> 녹을 수 없는 눈과
> 녹지 않는 눈의 차이는 무엇일까
> 나는 엽서를 꺼내 그 두 줄의 문장에서
> 희고 간결한 새를 꺼내 날려 보냈다
>
> ―「우체국」부분

"녹을 수 없는 눈"과 "녹지 않는 눈"의 차이가 무엇일지를 묻는다는 것은 현상과 의지의 경계를 가늠해 보겠다는 것이다. 우체국에서 엽서를 보내는 대신 이 두 문장에서 "희고 간결한 새를 꺼내 날려 보냈다"는 것은 현상과 의지의 교환을 삶의 태도로 수락했다는 것을 의미한다. 이 시집의 가장 수일한 대목 중 하나가 바로 이 "녹을 수 없는 눈"과 "녹지 않는 눈" 사이에서 깃을 펴는 "희고 간결한 새" 이미지가 아닐 수 없다. 그리고 이 이미지를 통해 표현된 심중은 다음과 같은 시에서 한결 명료해진다.

　　당신의 몸에 바람이 파고든 흔적이 있다

　　그 흔적의 깊이와 완력은 당신 속으로 내려앉았던 돌 하나의 무게, 잔설이 멈춘 순간이다

　　붓이 까마득한 벽에 닿았을 때 시간의 연골이 바쁘게 빠져나갔다

　　속이 파이고 거죽만 남은 목어가 간신히 지느러미에 묻은 흙을 털었던 것인데

　　지천에 널린 반백의 입술들이 쏟아 낸 것은 말이 아니라 울음들이 뒤엉킨 소리였다

　　단단한 것들이 피고 지는 몸에 다시 꽃잎이 터지고 허공은 그만큼 밀려났으며, 또한 살과 뼈의 경계는 분명해졌다

바람 한 무리가 새의 겨드랑이를 흔들거나 낙타에 앉아
휘파람을 불었다

　　눈에 박힌 빙하를 녹이고서야 당신은 봄꿈에서 깨어났다
　　　　　　　　　　　　　　　　　　－「세한도, 봄꿈」 전문

　　주지하듯 '세한도(歲寒圖)'의 연원은 『논어』의 "세한연후
지송백지후조(歲寒然後知松柏之後凋)"라는 구절이다. 사정
이 그러하다면 세한도 자체가 전고에 힘입은 소산일 것인
데 인용된 시 역시 세한도와 관련된 맥락을 전제로 하고
있다. 시에 사용된 진술들은 직접 세한도를 지시하지 않는
다. 시 속에서 구조화되는 것은 세한도라는 기호가 계속
해서 일으키는 의미화 작용의 파장 위에서 성립되는 '나'와
'당신'의 관계이다. 날이 차가워진 연후에 그 본뜻을 알게
된다는 고사에 비추어 '당신'과 '나' 사이에 쉽지 않은 시
간이 있었으리라는 것을 짐작할 수 있다. 그리고 그런 시
간이 경과하고 난 후에야 명료하게 보이는 바가 있다는 깨
달음이 시의 기저에 놓여 있음을 알 수 있다. 이 시에 제
시된 강렬한 이미지들은 바로 그 시간의 흔적을 선명하게
각인시킨다. "당신의 몸에 바람이 파고든 흔적", "당신 속
으로 내려앉았던 돌 하나의 무게", 붓이 닿았을 때 바쁘게
빠져나가는 "시간의 연골", "속이 파이고 거죽만 남은 목
어", "새의 겨드랑이를" 흔드는 바람 등의 이미지는 추사

122

(秋史)의 세한도 자체를 직접 묘사하고 있지 않지만 세한도가 낳는 의미의 파장 안에 있음이 틀림없다. 고통의 흔적과 황량함뿐만 아니라, 이 시집에 실려 있는 다른 시의 제목을 가져와 표현해 보자면, 깊은 상처를 안고도 스러지지 않고 '하염없이' 제자리를 지키는 태연함과 의연함이 함께 읽히는 것은 그 때문이다.

> 나의 안식이란
> 하염없이 쏟아지는 부끄러움과 욕설뿐
> 바람이 짊어진 구름의 무게는
> 왜 한없이 투명한 걸까
> 왜 당신은 밤낮없이 눈을 감고 있었을까
>
> ―「하염없이」부분

사태를 이렇게 정돈하고 보면 이 시의 마지막 연은 여러 겹으로 읽힌다. 세한도에 들었다가 세한도를 나오며, 녹을 수 없는 눈과 녹지 않는 눈의 차이를 어떻게 새겨야 할까. 당신이 "눈에 박힌 빙하를 녹이고서야" 깨어난 꿈은 왜 한 겨울의 꿈이 아니라 "봄꿈"일까? 이때 봄꿈은 겨울 속에서 꾸는 봄날의 꿈일까, 겨울이 지나고 봄기운이 돋는 날의 꿈일까? '나'와 '당신' 사이의 일을 독자는 자세히 알지 못한다. 그것을 고지하는 게 시의 일인 것도 아니다. 그러나 이때 봄꿈이 만드는 이 다채로운 의미의 연한과 파장은 세한도보다도 길다. 시의 붓이 하는 일이란 그런 것이다. 박성현의 시집 『내가 먼저 빙하가 되겠습니다』는 시의 붓이 새겨 넣은 타자의 영역들이 각자의 방식으로 옹숭깊은 집이다.

시인수첩 시인선 039

내가 먼저 빙하가 되겠습니다

ⓒ 박성현, 2020

초판 1쇄 발행 2020년 10월 15일
초판 2쇄 발행 2021년 6월 11일

지은이 | 박성현
발행인 | 강봉자·김은경

펴낸곳 | (주)문학수첩
주 소 | 경기도 파주시 회동길 503-1(문발동 633-4) 출판문화단지
전 화 | 031-955-9088(대표번호), 9532(편집부)
팩 스 | 031-955-9066
등 록 | 1991년 11월 27일 제16-482호

홈페이지 | www.moonhak.co.kr
블로그 | blog.naver.com/moonhak91
이메일 | moonhak@moonhak.co.kr

ISBN 978-89-8392-835-1   03810

「이 도서의 국립중앙도서관 출판예정도서목록(CIP)은 서지정보유통지원시스템
홈페이지(http://seoji.nl.go.kr)와 국가자료공동목록시스템(http://www.nl.go.kr/
kolisnet)에서 이용하실 수 있습니다.(CIP제어번호: CIP2020040847)」

이 도서는 한국출판문화산업진흥원 '2020년 우수출판콘텐츠 제작 지원' 사업
선정작입니다.